日记背后的历史

被占领的巴黎
伊莲娜·皮图日记（1940-1945年）

〔法〕保罗·德·布歇 著　周春悦 孙敏 译

人民文学出版社

著作权合同登记号　图字 01-2016-3667

Dans Paris Occupé
© Gallimard Jeunesse，2005

图书在版编目(CIP)数据

被占领的巴黎:伊莲娜·皮图日记/(法)布歇著；
周春悦,孙敏译.—北京：人民文学出版社,2016
（日记背后的历史）
ISBN 978-7-02-011650-8

Ⅰ.①被… Ⅱ.①布… ②周… ③孙… Ⅲ.①儿童文学-中篇小说-法国-现代 Ⅳ.①I565.84

中国版本图书馆 CIP 数据核字(2016)第 095790 号

责任编辑：甘　慧　尚　飞
装帧设计：李　佳

出版发行	人民文学出版社
社　　址	北京市朝内大街 166 号
邮政编码	100705
网　　址	http://www.rw-cn.com
印　　刷	山东德州新华印务有限责任公司
经　　销	全国新华书店等
开　　本	850 毫米×1168 毫米　1/32
印　　张	7
字　　数	98 千字
版　　次	2016 年 6 月北京第 1 版
印　　次	2016 年 6 月第 1 次印刷
书　　号	978-7-02-011650-8
定　　价	25.00 元

如有印装质量问题，请与本社图书销售中心调换。电话：010 - 65233595

序

老少咸宜，多多益善
——读《日记背后的历史》丛书有感

钱理群

这是一套"童书"；但在我的感觉里，这又不止是童书，因为我这七十多岁的老爷爷就读得津津有味，不亦乐乎。这两天我在读"丛书"中的两本《王室的逃亡》和《米内迈斯，法老的探险家》时，就有一种既熟悉又陌生的奇异感觉。作品所写的法国大革命，是我在中学、大学读书时就知道的，埃及的法老也是早有耳闻；但这一次阅读却由抽象空洞的"知识"变成了似乎是亲历的具体"感受"：我仿佛和法国的外省女孩露易丝一起挤在巴黎小酒店里，听那些平日谁也不注意的老爹、小伙、姑娘慷慨激昂地议论国事,"眼里闪着奇怪的光芒",举杯高喊:"现在的国王不能再随心所欲地把人关进大牢里去了,这个时代结束了!"齐声狂歌:"啊,一切都会好的,会好的,会好的……"我的心都要跳出来了!我又突然置身于3500年前的神奇的"彭特之地",和出身平民的法老的伴侣、十岁男孩米内迈斯一块儿,突然遭遇珍禽怪兽,紧张得屏住了呼吸……这样的似真似假的生命体验实在太棒了!本来,自由穿越时间隧道,和远古、异域的人神交,这是人的天然本性,是不受年龄限制的;这套童书充分满足了人性的这一精神欲求,就做到了老少咸宜。在我看来,这就是其魅力所在。

而且它还提供了一种阅读方式:建议家长——爷爷、奶奶、爸爸、妈妈们,自己先读书,读出意思、味道,再和孩子一起阅读,交流。这样的两代人、三代人的"共读",不仅是引导孩子读书的最佳途径,而且还营造了全家人围绕书进行心灵对话的最好环境和氛围。这样的共读,长期坚持下来,成为习惯,变成家庭生活方式,就自然形成了"精神家园"。这对孩子的健全成长，以至家长自身的精神健康，家庭的和睦，都是至关重要的。——这或许是出版这一套及其他类似的童书的更深层次的意义所在。

我也就由此想到了与童书的写作、翻译和出版相关的一些问题。

所谓"童书"，顾名思义，就是给儿童阅读的书。这里，就有两个问题：一是如何认识"儿童"，二是我们需要怎样的"童书"。

首先要自问：我们真的懂得儿童了吗？这是近一百年前"五四"那一代人鲁迅、周作人他们就提出过的问题。他们批评成年人不是把孩子看成是"缩小的成人"(鲁迅：《我们现在怎样做父亲》)，就是视之为"小猫、小狗"，不承认"儿童在生理上心理上，虽然和大人有点不同，但他仍是完全的个人，有他自己的内外两面的生活。儿童期的十几年的生活，一面固然是成人生活的预备，但一面也自有独立的意义和价值"(周作人：《儿童的文学》)。

正因为不认识、不承认儿童作为"完全的个人"的生理、心理上的"独立性"，我们在儿童教育，包括童书的编写上，就经常犯两个错误：一是把成年人的思想、阅读习惯强加于儿童，完全不顾他们的精神需求与接受能力，进行成年人的说教；二是无视儿童精神需求的丰富性与向上性，低估儿童的智力水平，一味"装小"，卖弄"幼稚"。这样的或拔高，或矮化，都会倒了孩子阅读的胃口，这就是许多孩子不爱上学，不喜欢读所谓"童书"的重要原因：在孩子们看来，这都是"大人们的童书"，与他们无关，是自己不需要、无兴趣的。

那么，我们是不是又可以"一切以儿童的兴趣"为转移呢？这里，也有两个问题。一是把儿童的兴趣看得过分狭窄，在一些老师和童书的作者、出版者眼里，儿童就是喜欢童话，魔幻小说，把童书限制在几种文类、有数题材上，结果是作茧自缚。其二，我们不能把对儿童独立性的尊重简单地变成"儿童中心主义"，而忽视了成年人的"引导"作用，放弃"教育"的责任——当然，这样的教育和引导，又必须从儿童自身的特点出发，尊重与发挥儿童的自主性。就以这一套讲述历史文化的丛书《日记背后的历史》而言，尽管如前所说，它从根本上是符合人性本身的精神需求的，但这样的需求，在儿童那里，却未必是自发的兴趣，而必须有引导。历史教育应该是孩子们的素质教育不可缺失的部分，我们需要这样的让孩子走近历史、开阔视野的人文历史知识方面的读物。而这套书编写的最大特点，是通过一个个少年的日记让小读者亲历一个历史事件发生的前后，引导小读者进入历史名人的生活——如《王室的逃亡》里的法国大革命和路易十六国王、王后；《米内迈斯：法老的探险家》里的彭特之地的探险和国王图特摩斯，连小主人翁米内迈斯也是实有的历史人物。每本书讲述的都是"日记背后的历史"，日记和故事是虚构的，但故事发生的历史背景和史实细节却是真实的，这样的文学与历史的结合，故事真实感与历史真实性的结合，是极有创造性的。它巧妙地将引导孩子进入历史的教育目的与孩子的兴趣、可接受性结合起来，儿童读者自会通过这样的讲述世界历史的文学故事，从小就获得一种历史感和世界视野，这就为孩子一生的成长奠定了一个坚实、阔大的基础，在全球化的时代，这是一个人的不可或缺的精神素质，其意义与影响是深远的。我们如果因为这样的教育似乎与应试无关，而加以忽略，那将是短见的。

这又涉及一个问题：我们需要怎样的童书？前不久读到儿童文学评论家刘绪源先生的一篇文章，他提出要将"商业童书"与"儿童文学中的顶尖艺术品"作一个区分（《中国童书真的"大胜"了吗？》，载2013年12月13日《文汇读书周报》），这是有道理的。或许还有一种"应试童书"。这里不准备对这三类童书作价值评价，但可以肯定的是，在中国当下社会与教育体制下，它们都有存在的必要，也就是说，如同整个社会文化应该是多元的，童书同样应该是多元的，以满足儿童与社会的多样需求。但我想要强调的是，鉴于许多人都把应试童书和商业童书看作是童书的全部，今天提出艺术品童书的意义，为其呼吁与鼓吹，是必要与及时的。这背后是有一个理念的：一切要着眼于孩子一生的长远、全面、健康的发展。

因此，我要说，《日记背后的历史》这样的历史文化丛书，多多益善！

2013年2月15—16日

1940年6月6日　星期四

这下糟了，德国人要来了！巴黎人心惶惶。北部已经被他们侵占，很快就要轮到我们遭殃了。大家都说要赶快逃。正是在这一片安抚人心的口号声中，我写下人生的第一篇日记！这是一本黑得发亮的本子，封面上印了"日记"两个字，它是五天前我过11岁生日时妈妈送给我的礼物。等我把这本写完了，还有两本一模一样的，但要全写完可不是个容易活！我怕自己坚持不下来。谁知道呢……另外，为了不让妈妈伤心，我没告诉她，其实我更喜欢其他的颜色。黑色实在是太阴郁了！

1940年6月7日　星期五

今天早上，妈妈对我说："你知道吗，伊莲娜，我也写过日记（这个嘛，我早就知道），也是在战争期间，1914年的第一次世界大战（这个我倒是不晓得）。"她还说："写日记能帮助我承担一些沉重的事情。"我也希望自己能从中受益。因为，我亲爱的日记本，没了爸爸的消息，我有多难受，简直无法描述！但这些感受我不能告诉妈妈，她已经够悲伤了，因此我真的无比需要你！9月份爸爸奔赴战场，可是士兵们不打仗，他们玩扑克。就在15天前，还有他的来信，可现在倒好，自从德国人来到法国，什么消息都没了！

1940年6月8日　星期六

早晨7点。妈妈把我叫醒，德国人到贡比涅了！我不清楚那是什么地方，可是我们开始收拾行李了。我们要去勃艮第地区的克雷西，保罗舅舅家。妈妈叫我不要装太多行李，带上"最重要"的东西就好。可究竟什么才是最重要的呢？我的黄色碎花裙，生日时得到的书（《小妇人》），旧布娃娃弗罗尔，每天睡觉我都离不了它（嘿嘿，日记本还有这样的好处：我可

不怕让你知道这个！），当然了，还有我的黑本子和牙刷。哎唷！我还是得求妈妈帮帮我！

1940年6月11日　星期二

从昨天晚上开始，我们就一直呆在枫丹白露。我们昨天才离开巴黎，七个人挤在布雷大街杂货店老板维德先生的运货小卡车里。在意大利广场，一个女人把一个6岁的小男孩交到妈妈手里，向我们喊道："明天中午12点枫丹白露火车站见！"就是因为这个，我们才从昨天一直等。现在已是傍晚，却不见任何人来。小男孩叫安德烈，他没完没了地哭。

1940年6月12日　星期三

卢瓦雷省，蒙塔日城。我们又上路了。维德夫人不想再等安德烈的妈妈了,妈妈对此气愤难当。听说法国政府已经放弃巴黎了,宣布它为"开放城市"。这就意味着德国人可以大摇大摆地进来,仿佛进了自己家门!妈妈说这是耻辱。这里所有的道路都被逃难的人群堵塞了,从来没见过这么混乱的景象!

1940年6月13日　星期四

整天都在下雨,小卡车上到处是水。结果是:我们淋成了个落汤鸡。我的鞋和袜子都浸湿了。好难受啊!今天晚上,我们总算能躲在一个屋顶下,而不是像昨天晚上,躺在路边的沟渠中过夜!多亏了身为教师的妈妈,学校校长才同意把我们安置在教室里。安德烈还跟我们在一起。他不哭了。一路上,皆是无穷无尽陷入恐慌的人潮,不论走路、骑马、骑自行车,都是为了逃。我好累。晚安!

1940年7月25日

我又开始写日记了。一片混乱的情况下,趴在膝盖上写字实在是太不舒服了。我们来到克雷西已经一个月了,这个村子是妈妈的老家,我们住在她的哥哥、我的舅舅保罗家。

舅舅在上一次大战中失掉了一条腿,他人很好,舅妈路易丝也很和善。唯有大我3岁半的表兄伊夫在我面前做出一副小大人的样子,对待我的态度就像对一个小女孩。对此我有点生气,但我什么都没跟妈妈说,因为我知道她还有许多事情要操心。

从6月13日起,发生了好多好多的事情,而我的日记本终于要发挥作用了!当我们走到奥尔良附近的时候,德国人炸毁了桥梁,炸断了逃难者的路。我们被迫跳进沟渠之中。死伤者不计其数,幸好其中没有和我们一起逃难的朋友。然而不久之后,当飞机离开时,我眼睁睁看着横在马路上的那些尸体,而过往的车子全对此无动于衷,我们的车也不例外!仿佛这一切都是正常的。人们被吓到只剩下一个念头,那就是逃,逃得越快越好。至于那些死了的人,只能算他们倒霉。只有一件事情能证明如此自然地从死人旁边经过并不正常,那就是妈妈一直紧紧地把我抱在怀里,同样她还把小安德烈的头紧贴在她的膝盖上。没有人说话。我永远也忘不了自己看到的场景。先到这儿吧,我哭了,只能停笔了。奇怪的是,一个月后的今天,我一边回忆一边流泪,而在当时,我没有哭,我只是感到冷。

1940年7月26日

好了,我接着讲吧,16号,星期日,小卡车寿终正寝,妈妈、安德烈和我,朝着自己的方向步行前进。

就算没有这个原因,大家也无法继续相处下去了，因为维德夫人希望我们抛下安德烈，嫌他是个累赘。万幸的是我们找到了一辆大卡车，它一直载着我们到了阿瓦隆。那天正是6月18日，雨下个不停，我们躲在一个谷仓里避雨。在那里听到了一位将军，夏尔·戴高乐发出的抗敌号召。这将是我永远不会忘怀的记忆：大家正在想办法取暖，而安德烈在哭，因为妈妈想拿一件我的粗线毛衣给他套上，但他穿着太大了。突然间，我们听到了广播的声音，有人调高了音量。虽然听起来不是很清楚，但感觉是件大事。接着有人解释道："一位法国的将军号召人们抵抗德国人！"人们面面相觑，谷仓之中一片沉寂，每个人都在琢磨该说些什么。然后妈妈喊了一声："法兰西万岁！"有些人做出"嘘，嘘！"的手势来回应，然而大多数人为她鼓掌。但这并不妨碍贝当元帅与希特勒签订了停战协议！如今，一条"停战分界线"将法国一分为二。一边是我们所在的被德国鬼子占领的区域，另一边是没有德国人的自由区。要想从一边到另一边，必须得有一张盖戳的特殊文件。由于是德国人守着边界线，所以没人能穿得过去。我们要怎么做才能找到安德烈的父母呢?

1940年7月28日

伊夫带着报纸回来了。我们留心查看有关上千位逃难失踪者的通告。安德烈的妈妈毫无音信。不过今天的报纸用大号的字体刊登了占领条例:《德国司令部公告……》,接下来则是冗长的条例:所有的武器都应上交市政府。可以用德国货币"马克"购买许多商品,一马克价值20法郎。所有的时钟都得调快一小时,这里是已进入德国时区的法国。

1940年7月29日

妈妈对我说,战争结束后,她要去寻找她从前的日记本,它应该沉睡于保罗舅舅的阁楼里,因为那曾经是她小时候的房间。我对这个倒是很有兴趣！我的确热衷于写自己的日记，但我也很有兴趣知道妈妈在我这个年纪，甚至更早些时候的情形，她当时的所思所想，还有其他的一切！保罗舅舅说："阿黛尔，你的日记本应该还在。当年你和吕西安结婚的时候，你把一切都留在这儿了。"就在这时，我看到妈妈变得非常难过，每当人们提及爸爸，我的心也会一阵阵抽紧。因为我们还是一点消息都没有，不知道他是否入狱，是否受伤躺进医院，更不知道他身在何处，这才是最糟糕的地方。

1940年8月1日

路易丝舅妈和妈妈对可怜的安德烈无微不至，于是他终于展开了一丝笑颜。但我不时仍能觉察到他的悲伤，他在尽量控制自己不在我面前流泪。前天我告诉他,我同样没有爸爸的消息,而他晃动着满头黑色的鬈发对我说"可是我都没有爸爸!"的时候,我也差点哭了。可能我不应该对他说这个,因为现在他看我的眼神是那么悲伤!他紧紧地跟着我们,寸步不离,不愿意到别的小孩家去,无论是村子里的小孩的家里,还是在广场上椴树下面打弹子的难民小孩的家里。

1940年8月3日

村子里有许多来自北部的逃难者,他们在此落脚,住在学校里。一周以来,伊夫和我接受了给难民送牛奶的任务。我们把马儿"小可爱"套上双轮大马车,然后拿着牛奶罐一个农场接一个农场地赶。我以前从没坐过大马车。真好玩!我还握着缰绳,正儿八经地驾驶了一番!就这样,自从我们单独相处之后,两个人说的话比从前多多了,伊夫也更加友善了。今天,我确信自己很喜欢他。

1940年8月5日

看了那些小通告之后,我的心情很低落。有那么多人在逃难中失散了,仍在互相寻找!依然没有跟安德烈有关的消息,也依然没有爸爸的任何消息。我决定抄一些下来,留作日后的纪念:"寻找一个名叫弗朗索瓦兹·谢瓦利埃的小女孩,4岁,6月16日于奥维利尔(卢瓦雷省)走失。她长着金黄色鬈发,身穿蓝色裙子,白色短外套……""一位母亲丢失了她的四个孩子,吕克,6岁;马克,8岁;玛丽,11岁;米歇尔,12岁。他们与行李箱一起留在了普瓦捷火车站。知情者请立即回信……""热弗雷夫人与丈夫走失,他于6月17日因虚弱跌倒在奥尔良附近的马路上。他身穿一条棱纹的天鹅绒裤子。"

1940年8月10日

今天终于在报纸上看到这样一条消息:"科莱

特·德拉法兹夫人急切等待着她6岁的儿子安德烈的消息,他于6月10日在巴黎被一家人收留。"上面还留了一个巴黎的地址,在植物园附近。妈妈决定回巴黎,为的是把安德烈送回他妈妈身边,并试着打听爸爸的消息。而我,却得留在保罗舅舅和路易丝舅妈的家里。与妈妈分离使我很伤心,但她劝我理智一点,呆在这里对我更好。听说在城里,由于德国人的横征暴敛,人们根本吃不到想吃的东西。在克雷西,我会吃得好一些,这里有菜园,有家禽,等等。可是我才不在乎呢,什么菜园,什么家禽!我要的是和妈妈一起回去,得到爸爸的消息!

1940年8月12日

妈妈今天早上带着安德烈离开了。无论我怎么哭,怎么抗议都无济于事。伊夫试着安慰我,我心里好受了些,在他面前擦干了眼泪,可是离开了妈妈,我又伤感又忧心。

1940年9月13日

前天,我回到了巴黎,很开心回到自己的家。在跨进我们位于布雷大街的小公寓时,我心里还是隐隐作痛。这明明是属于我们三个人的住宅,但爸爸却不在。妈妈尝试去红十字会打听爸爸的消息,然而排队的地方人山人海,她甚至连咨询台都没能靠近。

1940年9月14日

这里食品商店的供应严重不足。维德杂货店至今关着门,我们只好去不怎么喜欢的查诺那大街的杂货店。

假如这种情况继续发展下去,将会什么吃的都没有了!为了爸爸的事,妈妈写了封信给认识的吉隆先生,他在日内瓦红十字会工作。希望他能尽快回信。

1940年9月20日

吉隆先生回信了,他人真好。确定无疑,爸爸和其他众多的法国士兵一样被关进了德国的监狱。听他说,囚犯们待遇不错,所以用不着担心。不久之后等我们得到集中营的地址,就可以写信了。看门的塞纳提夫人把我抱在怀中,她闻起来和以前差不多,有点发霉、老旧和脏脏的味道,但这却是我熟悉的味道,我自家房子的味道,这种味道让我备感安心。

1940年9月21日

我去按响了我的好朋友乔赛特家的门铃,她家和我家都在布雷大街上，但她家一个人也没有。她父亲开的那家戈德斯坦小五金店关着门。克洛蒂娜家也没人，我和她的关系不及和乔赛特，但她是我从幼儿园时起的朋友，毕竟有感情。她居然也不在。妈妈说，10月份就可以在学校见到我的朋友们了。由于逃难，大家流散到各处，还有些人没回来。

1940年9月22日

今天，我和妈妈一起去了小安德烈的妈妈家"喝茶"。德拉法兹夫人想要认识我，听她说小安德烈一刻不停地提到我！植物园离这里相当远，差不多要走三刻钟才到。去那里的途中我才意识到巴黎已经落入德国人之手：一切都是用德文写的，感觉非常突兀。布告牌、海报、指示牌。到处都是万字旗和牌照为WH（即Wehrmacht，意为"德国国防军"）的汽车。德拉法兹夫人称他们为"狗崽子"，我被她逗乐了。她很友善，她的丈夫也入狱了。她带着安德烈和她的大姐住在一幢非常豪华的公寓里，她大姐今天不在。但她告诉我们，公寓还有一部分已经被德国人收去了。可想而知过去这里该有多么奢华啊!

1940年9月23日

还有一个星期学校就开学了。我太高兴了!我将和所有的朋友们见面了。这让我感觉"正常"的生活即将回归,即使这并不是真的。

1940年9月25日

这下可好!我们要实行"定量分配"了!更重要的是,每个人的配额都不一样!不过倒是挺简单的……供应卡上有不同的字母:E代表3岁以下的小孩,J代表3岁至12岁的儿童,A表示12岁以上的成人,V代表老人。一想到表哥伊夫居然被认定为成人时,我简直气死了！幸亏他不在，不然他一定会取笑我的。

1940年9月27日

妈妈气坏了。她刚才从市政府领了那所谓的供应卡回来。真是太荒唐了！基础定量分配为每天350克面包，每个月250克面团，500克糖和50克大米。每个礼拜300克肉！这还达不到之前我们食用量的一半！

1940年10月1日　星期二

今天是开学的日子。伏尔泰中学非常之大，甚至称得上广阔，是我之前学校的十倍不止。刚开始我有点搞不清楚方向，但遇到了几个朋友之后，就慢慢地适应了。伏尔泰中学初一年级的所有同学都在院子里集合，刚开始是一片混乱，总学监开始点名。由于战争，缺了不少同学。后来,我们找到了自己的班级。英语老师解释说,一些同学可能过几天会到。我们有好几位老师,每门课都有一个,这和六年级时不同。我要学英语,还有拉丁语!这让我想起了去年,我和乔赛特一起在大街上装模作样地背诵拉丁语的变位规则,以显得自己像个大人,可真够傻的!今天最为失望的是乔赛特没来,妈妈认为她应该还呆在乡下什么地方,戈德斯坦一家很快就会回来。两位老师也不在,一位是缝纫课老师,更出人意料的是另一位,玛德莱娜·克鲁泽夫人,她教初一的法文和拉丁文,同时也是妈妈的朋友。

1940年10月2日

今天,妈妈也开学了,因为她是小学教师。其实正是为了这个我们才回到了巴黎,要不然,妈妈说呆在乡下更好,那里没有限令。而我,假如一直呆在没有小伙伴的乡间，我还怎么上学呢？

1940年10月4日　星期五

另一位法文教师接替了玛德莱娜·克鲁泽，他是布尔乔亚先生。一开始上课，他就告诉我们贝当元帅是法兰西的希望！当我把他的话转述给妈妈时，她长长地叹了口气，抬起头看着天空。我对这家伙一点好感也没有。我问妈妈为什么玛德莱娜没有回学校，她摇了摇头，什么也没说。

1940年10月9日　星期二

乔赛特回来了！昨天晚上她来敲我家的门。哦，见到她我真是太开心了！亲爱的日记本，你简直难以想象我的喜悦！而我也没料自己会这么高兴，虽然还是有点想念表哥伊夫，但乔赛特的回归让我喜出望外！我仿佛一下子松了口气。我们俩像疯子一样一直聊到宵禁信号发出，我们有太多的话要跟对方说。乔赛特是六月中旬，几乎和我们同时离开的，她去了萨尔特，她母亲认识那里的一家人。我们太兴奋了，以至于她在离开的时候才得空告诉我一件威胁着她全家的事：最近开始了对犹太人的清点。我问她："你是犹太人吗？"她回答道："对啊，是的！"我感觉自己好蠢。我以前居然不知道。事实上，我根本不明白身为犹太人意味着什么。

1940年10月10日　星期四

我问妈妈我们是否也有犹太人血统，她回答说没有。然而针对乔赛特和她全家的措施非常的危险,因为纳粹党是仇视犹太人的。她皱着眉头,额头中间出现两道纹,这是每当她非常忧虑的时候才会有的样子。

1940年10月12日 星期六

克洛蒂娜想把她穿不上的鞋子给我,因为她的脚比我的大。克洛蒂娜是我从小学一年级起的朋友,但对我来说,乔赛特才是我真正的最好的朋友。试鞋的时候,我告诉她乔赛特是犹太人。只是随口一说,并没有特别在意。她问:"是吗?你确定?"她的表情有点奇怪,仿佛是听到了什么不喜欢的东西,而我,尤其不喜欢她的表情!我的心情一下子变差了,便假装穿不进去,也没接她的话。我们转移了话题。我没拿她的鞋。

1940年10月14日 星期一

杂货店老板维德先生回来了。我们很高兴再次见面。逃难途中的不愉快全都烟消云散。甚至连维德夫人也在打听"小安德烈"的消息。唯一的问题是：杂货店里既没有肥皂，也没有糖。维德夫人把糖精卖给了我，说可以用来代替糖，她还教我如何自制肥皂：将花园和荒地里死掉的肥皂草与老蜡油混合在一起即可。这个生活小窍门倒是挺有趣的！这周星期四我和乔赛特要去试试看。她希望我们邀克洛蒂娜一起去，因为我们三个以前关系很好。但我有点不大乐意。

1940年10月15日

终于！一封来自红十字会的信带来了爸爸切实的消息！卡片上写道："日内瓦国际红十字会有幸通知您，日前我们收到了第42防御步兵团一等兵皮特鲁·吕西安（1899年5月18日生于弗瓦）的消息。他在德国被俘，关在一个集中营里。第13706号俘虏营。他健康状况良好。"妈妈和我哭着抱在一起，但她很快就擦干眼泪，看着我笑了，我也停止了哭泣。按照信的指示："如果要写信给囚犯，请务必遵照以下模板，并保证字迹清楚。"回信要寄到"战俘邮局，德国"。也就是说，我们可以写信给爸爸，并得到他的消息了！

1940年10月17日

今天我写信给爸爸了。希望邮局争点气！

1940年10月17日　星期四

克洛蒂娜没空参加今天采摘肥皂草的活动，我觉得这样正好！我和乔赛特一起去了拉雪兹神父公墓，那里有许多荒地。我们期待能煮出制作肥皂的材料，因为维德家没得卖了。起先两个人兴高采烈，可是打击迎面而来：花早都谢了。看来洗澡得另外找办法了。后来，在回家的路上，我们在伏尔泰大街上的一幅公告前停下了脚步："关于犹太人的法令：所有信仰或者曾经信仰犹太教的人，以及祖辈有两个以上犹太人的人，都必须申报犹太人身份。"乔赛特什么都没说，她耸了耸肩膀，高声道："来吧，我们走！"

好好的一天就这样被毁了,乔赛特径直回了家,都没去我家歇个脚。

1940年10月18日　星期五

妈妈从学校回来后对我说:"实话实说,我都不知道还能坚持多久,教孩子们什么'向国旗致敬,向法兰西致敬,向感恩的祖国致敬'。虚伪也是有底线的,总而言之,有些事我是做不来的……"我明白她想要说什么,我了解妈妈,了解她的想法,但同时我也很怕看到她这样"叛逆"。我也不知道自己现在怎么了,怎么什么都怕!

1940年10月20日　星期日

昨天晚上,我睡得不好,就是因为犹太人和乔赛特这件事。还有克洛蒂娜。但其实我并不在乎克洛蒂娜,真正让我忧心的是乔赛特。我得尽量不要乱想了。说到底,大家都无能为力。

1940年10月23日　星期三

第一次降温。从昨天开始,冰冷的雨就下个不停,今天早上妈妈看到我这副样子,说我"士气不振"。另外,妈妈刚刚告诉我,也许在万圣节假期之后她就不会去学校了。学校现在只有八个学生,因此四年级和五年级已经合并了。而且校长还让教师们签一份文书,保证自己既不是犹太人,也不是共产党,不是共济会会员,不是这个,不是那个,妈妈拒绝在文书上签字。她认为这是一桩丑闻,"自己的自己负责,与政府无关"。我对妈妈说:"这个嘛,你签个字就好了,因为你本来就不是他们说的那些人,签了字就没事了。"妈妈一听,便用她黑色的眼睛盯着我看,她那"冲锋枪一样的眼睛",爸爸就是这么说的。我真想钻到地底下去。

1940年10月24日　星期四

好吧。可是如果妈妈既不签字，又不去上课，我们的生活来源就更少了。虽然我们还有爸爸的军饷，可那很有限。假如妈妈做一些被政府禁止的事，她还会被抓起来！唉，我写不下去了，我喉咙发紧，好想哭！我明显感到妈妈在为我昨天对她说的话而生气……我完全不知所措了。

1940年10月25日　星期五

昨天晚上，我在床上哭了很久，就为了妈妈的事。我好怕她会铤而走险，然后被抓，只剩我孤身一人。后来，妈妈来到我的卧室，她把我紧紧抱住，就像我小时候那样。她对我说："你不用担心，我不会做出对你、对我造成威胁的事。我会在那该死的文书上签字，短假过后我会回去学校的。"之后，我感觉好多了。

1940年10月26日

玛德莱娜·克鲁泽，妈妈的朋友，去年教我的亲爱的法文老师，昨晚来家里了！又见到玛德莱娜，我开心极了，妈妈也一样。听她说，贝当与希特勒握了手，玛德莱娜还带来了报纸，上面印着那张"历史性握手"的照片，底下是"新规定"。妈妈点上火炉，一把火烧了这丑恶的报纸，玛德莱娜说："新规定见鬼去吧！"看着熊熊燃烧的火焰，我们笑了。之后，她们要我去睡觉，时间确实不早了。她们交谈了很久。我势必会听到一些内容，因为我的卧室就挨着厨房。我没听懂多少，但听到了一个词"地下活动"。今天早上我问了妈妈，她不想回答，只是简单地说："你现在还不懂。"这句话让我好伤心。妈妈从来都不向我隐瞒任何事情，今天却是怎么了？

1940年10月29日

最近白天变得越来越短。而且还有宵禁令：从晚上八点开始，任何人都不许呆在大街上，房间里的灯全部都得熄灭。这倒是省事了！天色一黑，路上的行人就开始跑。而我们，则编织了厚厚的窗帘用来遮挡灯光。说"我们"，其实就是指妈妈，我还在学习中。就像妈妈常说的那样："塞翁失马，焉知非福！"

1940年10月30日

法文教师布尔乔亚先生认为有必要在上课开始前为"元帅英明的决策和英勇的举动"而鼓掌。教室的后排传来一个声音："投敌分子！"布尔乔亚怒斥道："谁说的，站出来！"没人站出来，下个星期六，我们全班都要被罚站。其实我知道是谁干的,可是我连你都不能告诉,我的日记本!

1940年10月31日　星期四

真是耻辱!贝当号召法国人"与德国人合作"。而爸爸竟然是这些"合作"者的阶下囚!

妈妈常常出去,却不告诉我她去哪里,真让我头疼。我知道她为了想办法买点吃的,需要连续排队好几个小时,因为商店里已经没什么东西了,但有时候,我又觉得她去了我想象不出的地方,去做一些危险的事情,我好害怕。

1940年11月1日

我今天开始动工织一件毛衣,想下次寄给爸爸。

我动作有点慢，不过我们昨天才往红十字会寄了一个包裹。原则上，囚犯只能每两个月收一次包裹。再过两个月，我应该能织完。乔赛特可以帮我缝接衣袖。

✹

1940年11月7日　星期四

妈妈一脸疲惫、紧张的神色。今天晚上她空手而归，告诉我从今天开始，政府决定每个星期三、星期四和星期五都将是"无肉日"。但令她生气的不只是这个原因，更因为学校。校长和其他两位教师之间出了点矛盾，她是为这个才心情不好的。可是她已经签了那张纸了！他们究竟还想要怎样？

1940年11月8日

我不由自主地感到负罪：正是因为我上次的闹

剧，她才签了那张纸并重新开始上课的。我看得很清楚，她不开心。不知道这样的日子还要熬多久。

给爸爸的毛衣还在织。

1940年11月11日　星期一

今天是1918年打败德国鬼子纪念日。虽然天气很冷，我、乔赛特和另一位最近与我们要好的同班女生阿琳娜·塞尔瓦一起出去散步。我们把街区绕了个遍：伏尔泰大道、共和国广场、博马舍大道、圣安东尼集市大街、巴士底大街。到处都是戴着帽子的德国士兵，他们神情紧张，厉声叫嚣，仿佛在害怕什么东西。气氛并不轻松。在夏洪尼大街和圣安东尼集市大街的十字路口，一大群人向我们跑来。有人说："他们见人就抓。"我们马上转身，从绿道大街绕回去。快到家的时候才安静了下来。喔唷！阿琳娜先回家了，我跟着乔赛特去了她家。我们喝着菊苣咖啡（算不上，只能说是有颜色的水而已！）聊天，我对她说了妈妈和她学校发生的事。她对我说："你不该给你母亲施加压力。她有权力决定自己该怎么做。正因如此，她才心情不好：她不想让你难过，但同时她的做法违背了自己的良心。"乔赛特的话总是那么有道理。今晚，我脑子里反反复复地想着这些。

1940年11月12日

玛德莱娜来家里了。她们还是在厨房里说着悄悄话，妈妈叫我回自己房间去。她允许我进去收听伦敦法国广播电台。先是"滋滋滋"信号不畅的声音，后来好不容易收到信号了，我们听到在昨天庆祝1918年胜利的活动中，中学生们在香榭丽舍大道上游行，手举反德标语，做着象征胜利的V字手型，一边高喊"戴高乐万岁"，一边唱着马赛曲。许多人被捕了。"应该给这些人授勋！"玛德莱娜说。

1940年11月23日

爸爸来信了！塞纳提夫人在楼道里喊道："伊莲娜小姐，有一封您的信！"我三步两步冲下楼梯，再以同样的速度跑上去，和妈妈一起把信打开。一看到信封，我的心就开始狂跳起来。爸爸没写几句话，因为发给囚犯们的卡片非常之小，而且信的内容还要经过检查，所以能说的话很有限。但他写道自己待遇不错，吃得很好，他一直在想我们，很希望得到我们的消息，也就是说他还没收到我们的信！

1940年11月24日

妈妈和我，我们写信给爸爸。他现在在路德维希堡，靠近斯滕伯格。这是什么地方啊！光写起来都这么费劲！我在地图上看，这地方离我们很远，非常靠北。他肯定很冷，我可怜的爸爸！

1940年12月2日

很快就得到一个令我惊喜不已的消息：我的表哥伊夫带着粮食来看我们了。我们专门存了一条火腿准备下次给爸爸寄去。由于不时被军队的运输所阻断，火车运行非常不畅，伊夫花了一整天时间才从第戎来到这里。没想到自己再次见到表哥会这么开心。我离开克雷西已经三个月了。伊夫很快就要16岁了。我觉得他变了。他不再把我当成小女孩来对待，也可能事实上是我变了！

1940年12月3日

午夜，温度表显示零下8度。由于煤炭限制供应，晚上要熄灭火炉，我和衣而睡。太冷了，睡不着。我不小心听到了伊夫和妈妈的谈话。他们在谈玛德莱娜。并又一次提到了"地下活动"。这到底是什么意思呢？

1940年12月5日

今天上午，我假装漫不经心地问伊夫是否认识我妈妈的朋友玛德莱娜，他回答说不认识，但他知道妈妈在为她担心，因为她参加了地下活动。也就是说她反对贝当政府，反对德国人，必须隐藏起来行动。一旦被发现，很可能会被捕入狱。然而妈妈也在反对德国人以及与之合作的政府。今天晚上，我躺在床上，肚子绞痛。我很害怕会因为妈妈，因为我们的这些想法，我们也不得不去参加地下活动。一切都好复杂，爸爸成了囚犯，妈妈可能在做一些"违法"的事，而我却不知道该向何人诉说。除了你，我的日记本。但你却不能回答我！为什么妈妈和以前判若两人了？为什么一切都不似从前？为什么有时我感觉自己像个胆怯的小女孩？

1940年12月6日

我重读了昨天的日记,感觉自己好无聊!好像我就是全世界的中心一样!如今谁能没有烦恼呢。比如乔赛特,随着有关犹太人法令的颁布,形势可能会更糟。今天早上天很蓝,但由于煤炭的匮乏,寒冷如影随形。最可怜的是手和脚。我至今没有鞋穿,只有一双破了洞的凉鞋,妈妈还是没有领到冬天皮鞋的票。

1940年12月10日

好高兴啊!我为日记本找到了一个绝佳的藏身之处,一个没有人能找到的地方。连你都不能告诉,我的日记本!还有一件不能告诉你的事!爸爸的毛衣我快要织完了。

1940年12月11日

天气依然冷得要命。今天晚上巴黎下了第一场雪。

妈妈帮我找了双橡胶鞋出门。虽然可以防水，但不保暖！我的脚早就冻僵了，直到半夜才稍稍暖过来一点。手也好不到哪儿去，尽管我在家里都戴着手套。我的全身都被严寒所侵蚀了，除了脑袋还清醒！我仔细地想着那天乔赛特对我说的话：我不应该为了自己愚蠢和胆怯而阻挠妈妈去做她应该做的事。只要一有机会，我就要向她说明。现在我能这么想，可能要归功于伊夫的出现。我得向你承认，亲爱的日记本，我敬佩伊夫，很希望能成为他眼中一个有价值的人。

1940年12月14日

爸爸来信了。但信中充满了悲伤和失望。他写道："这些天是我入狱以来最痛苦的日子。没有你们的任何消息。发生什么了？快给我答复。求求你们了！"可怜的爸爸！我实在不明白，我们每周都给他写信，上一个包裹寄出已经有一个多月了。从那之后，我们一点点地存着东西，准备圣诞节给他寄去，可是，看看这邮寄的速度，他圣诞节前肯定是收不到了。妈妈说，我们要想办法明天就寄出。

1940年12月15日

给爸爸寄去的东西有：我织的蓝色毛衣，三罐沙丁鱼罐头，伊夫带来的火腿，米，肥皂，香烟，炼奶，果酱，还有妈妈、我和伊夫写给他的满含深情和鼓励的悄悄话。希望我们的话和包裹能带着浓浓的暖意到达他身边。更希望包裹能在12月底前寄到！

1940年12月16日

今天妈妈从学校回来，比以往任何时候更加气愤。她把一个绿色的小册子拿给我看，这是政府派发到各个学校的，上面写着："向全法国的小学生们提一个问题：你们为什么爱戴贝当元帅？"必须由教师们来帮助孩子们回答。妈妈一边讲述，一边深深地叹气。时机到了。我对她说："我思考过了，妈妈，你应该按照你自己的想法去做。我不再担心了。"她把我拉入怀中，说道："我的小伊莲娜，才一个月，你就长大了！"我说："是的。"的确如此，我感觉自己在这段时间飞快地成长。

1940年12月24日

爸爸又来信了，比上一封快乐多了，饱含深情以及在圣诞节的思念。你知道吗，我亲爱的爸爸，能收到一封你快乐的信，我们是有多么高兴啊！

1940年12月25日

今天是法国被德国人占领之后我过的第一个圣诞

节！多么希望这也是最后一个……伊夫还与我们在一起。前天,他去了克雷西一趟取了些粮食回来,我们要准备一顿真正的圣诞节大餐！不过糖果被禁食了,巧克力也买不到。中午,我们吃了瓦罐炖鸡以及伊夫带来的土豆。妈妈用真正的黄油(也是伊夫带来的),真正的面粉(感谢维德夫人)和假糖(我们已经习惯了糖精)做了一个蛋糕。还有爸爸的亲笔信也是一份真正的礼物,这一切差不多就是一个真正的圣诞节！

1940年12月29日

晚上11点整。伦敦法国广播电台时间,我和伊夫、妈妈一起听美国总统罗斯福讲话:"这场战争是我们的战争……假如英国被打败,我们迟早得加入战争……"我喜欢听伦敦法国广播电台。节目总是这样开头:"法国人与法国人的对话",他们还把古老的法国歌曲改编成调侃的小调,例如:"巴黎广播,巴黎广播是德国人的"。我和伊夫大笑！戴高乐号召法国人于1月1日2点至3点默哀一小时,为自由祈祷。

1941年1月1日

新的战争年开始了。巴黎下雪了，雪转眼间就变成了肮脏的泥，我的脚从早到晚都是湿的。我难受死了，感觉自己马上要感冒了。从前，每次听到妈妈说"寒从脚起"，我都觉得很奇怪。不过现在，我立刻懂了！另外，从昨天开始，街道上张贴了大幅布告："根据占领当局的规定，严禁从事以下活动：在公共道路上拍照，收听外国电台，印发、收集传单，称德国人为德国鬼子，撕毁通告，贩卖脱水蔬菜，在咖啡馆的窗户上挂窗帘。违令者可被处以死刑。"喔唷！还有什么呢？我承认我们每天都在收听伦敦法国广播电台，而且刚刚还听到伊夫在夸耀自己撕毁了一张"德国鬼子"的布告！

1941年1月3日

冷得要命。今天早上,我把水龙头里面结的冰砸碎了!昨天弄湿的手套硬得像石头一样。希望鼻子不会也跟水龙头一样结冰,因为毫无疑问,我已经感冒了!煤炭商已经没有煤炭卖了,取而代之的是锯屑!虽然价格更便宜,但是勉强燃一个小时就会熄灭!听说一月份我们会有新的煤炭供应。希望……玛德莱娜昨天晚上来我家了。我听到妈妈对她说:"不,玛德莱娜,我不能这么做。只要给伊莲娜沾上哪怕一点点的风险,我都会认为自己不负责任。我现在坚持站在此事之外,尽管我的确赞成你们的行动。鉴于现在的形势,我请求你暂时不要来找我,也不要来我们家。我相信你会理解的。"玛德莱娜说:"当然了,阿黛尔,我完全理解。"她们互相拥抱,然后听到楼梯里传来了玛德莱娜的脚步声。

1941年1月4日

我曾无数次想要问妈妈一个问题,昨天晚上无意中听到的谈话终于给了我这个机会:"你是不是在做一些违法的事?"妈妈回答说没有,还说她已经思考了很久,她赞同玛德莱娜以及其他有勇气与维希政府对抗的人,但是她已经决定不做任何让我们陷入危险的事。关于学校,她已经"请了病假",所以不用再去。她在家里收学生,她说这样良心更加安稳。我也一样。

1941年1月12日　星期天

天很冷,但很晴朗。乔赛特、阿琳娜、克洛蒂娜和我穿得厚厚的，一起散着步，一直走到了巴士底另一侧的圣安东尼集市大街。经过图尔奈尔大街的时候，我的目光被许多挂在商店门口的标语牌所吸引。到处写着"犹太人的商店"（德、法双语），或者"这里是犹太人开的，不要买"。我怔住了，看看乔赛特，她的脸上没有一丝表情。突然，克洛蒂娜开口说："对呀，早就该这样了，这是理所当然的！"我感觉她在用毒蛇般肮脏的眼神盯着乔赛特。我再也受不了她了，她这个害人精！

1941年1月13日　星期一

刚才在课间休息的时候，我们和阿琳娜说好了：断绝与克洛蒂娜的友谊。我们从此拒绝与她来往。

1941年1月17日　星期五

昨天，学校组织体检，我比去年瘦了三公斤！

所有的朋友们都差不多。天气依旧严寒,煤炭仍然匮乏。报纸上写着:"多穿衣服,少生火!"最近,我们通过T.S.T.听说英国也燃起了战火,七个月以来,每天都被轰炸!而且英国人还在抵抗!

1941年1月19日　星期日

我换了一本日记本。本想换一种颜色,可是如今只买得到黑色的本子,而且纸张质量很差。唉,算了……我无意间又读了上一本日记的最后几页。有一个很愚蠢的发现:亲爱的日记本,我居然没告诉你你的藏身之处。假设有人看到了关于你藏身地点的那段话,就说明他已经发现你了啊!我有时真是笨哪!所以我要告诉你:我把你藏在我卧室的一块地板下面,不是吱吱作响的那块,而是旁边的那块!怎么也猜不到吧?

1941年1月20日　星期一

终于又有煤炭了,但和其他所有物品一样限量供应。晚上，我们出于节省熄掉了火炉。为了能够写字，我把手套剪破了，变成了露指手套。妈妈在努力用三棵大头菜煮汤。我简直受够了大头菜，讨厌极了！我这样说其实不太公平，因为妈妈每次都加了别的东西，调出不同的味道，但它终究还是一样的汤，没有油，没有肉，没有绿色蔬菜，没有黄油。妈妈已经不再像一年之前那样在厨房里唱歌了，那时候，虽然战争已经开始，但我们还时常能得到爸爸的消息。可是现在，从圣诞节起就没收到过爸爸的信了。

※

1941年1月21日　星期二

这个冬天太难过了！一切都让人难过，一切！冰冷的天气，灰暗的灯光，匮乏的食物，饥饿噬咬着胃，商店里排着队，街上横行的德国鬼子兵，妈妈和我的精神状态，乔赛特和其他犹太人的精神状态，爸爸的远离，

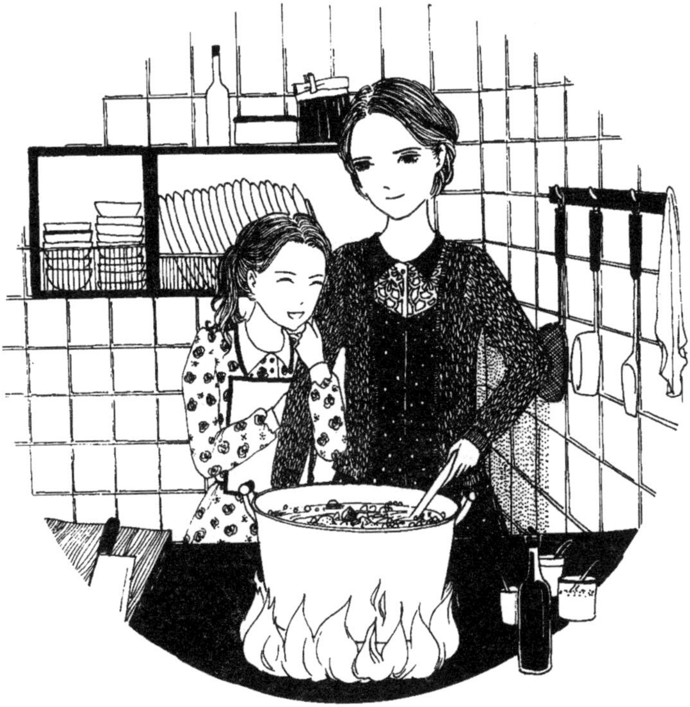

想想他，困在北方的泥泞之中，连暖气可能都没有。但我觉得最惨的莫过于犹太人如今的处境：贝当政府为了迎合希特勒，不时出台针对他们的法令。不知道会发展到哪一步。我永远都不会再和克洛蒂娜说半句话。

1941年1月29日　星期三

恐怖的布尔乔亚老师今天上午说："从今天开始，乔赛特·戈德斯坦、苏珊娜·威尔和玛格丽特·克鲁姆巴赫，你们到教室后面去。"我们面面相觑。乔赛特问为什么，这个可恶的老男人回答道："你们就知足吧，我还留你们在教室！"就这样完了！当我向妈妈讲述此事时，她摇了摇头，什么也没说。

1941年2月1日

还是很冷，雪下了十天了，真是持久啊。雪一直深到脚踝。我穿着破烂的橡胶鞋,到学校的时候脚全湿了。结果是:我感冒了,外加两个月来不间断的咳嗽。一到放学,我和乔赛特赶忙去面包店排队。三分之一的机会下,我们会成功拿票换到一小块面包,但大多数时候什么也拿不到。

1941年2月14日　星期五

收到了伊夫的消息,他宣布说明天会来!信寄了三个星期才到!我一下子开心起来。在这个太过阴郁的冬天里,伊夫的到来仿佛一道阳光。更何况我们至今没有爸爸的消息。不过,从勃艮第寄来的信用了三个星期才到,可以想象从德国寄来得要多久!

1941年2月16日　星期日

妈妈正在烧伊夫带来的一只鸡,闻起来真香啊!

我已经忘记烤鸡肉的味道了！我大口大口地吞着口水。他还带来了胡萝卜以及一大块足够我们吃一个月的猪肉，可以给我们的汤提味。是不是饥饿会让人变傻？我现在满脑子只想着吃！

1941年2月26日　星期三

今天早上去学校的路上，看到令人惊讶的一幕：一整面墙上划满了代表胜利的V！可以明显地看出来，这是半夜匆匆忙忙划的，但我数了数，足足有13个。看到这些V，我的心不由得狂跳起来，行人们面露一丝微笑，尽管有些人在经过的时候假装加快了步伐！当我把这些讲给妈妈听的时候，她也微笑了。

1941年2月27日　星期四

学校没有课。我和乔赛特在街区里闲逛,我想向她展示那面 V 字墙。居然不翼而飞,所有的 V 字在一夜之间被擦掉了。我们气坏了!我和乔赛特商量着,要在不被人发现的情况下也划上这么一两个。总而言之,我要说的是,这个故事让我们暂时忘记了自己的肚子!

1941年3月4日

太好了,我们做到了!今天早上,我早早从家出来，兜里装着粉笔，妈妈很惊讶地看到我7点就出门，但我什么都没跟她说。我绕到拉雪兹神父公墓那边，划了一个V！我自豪不已。

1941年3月7日

我昨天晚上才跟妈妈说了这件事。她不高兴，而且是非常不高兴！她对我说："你还没到做这些傻事的年龄！我不允许你再做这种事！"她勃然大怒！不管怎样，我的V已经被擦掉了。我在想它在墙上停留了多长的时间。几分钟？几个小时？我想象德国鬼子拎着水桶和抹布使劲擦墙的样子！但我仍然不能理解为什么妈妈会那么生气，我什么风险都没担，因为那个时间一个人也没有！

1941年3月10日

在去学校的路上，又看到了那13个V。我的心要从胸膛里跳出来了！课间的时候，我讲给乔赛特听，我们大笑了一番！

1941年3月14日

我又跟妈妈谈了那些V字。我问她为什么那么生气，我告诉她那是我和乔赛特一起商量干的。她几乎要叫起来了："和乔赛特！你们真是疯了！你知道如今犹太人的处境吗？维希政府想要给在法国的外籍犹太人建造集中营！乔赛特要想被盯上，这可正是个好时候！"

1941年3月19日

商店里什么都买不着了，因此，我们要学着不花费任何东西活下去。报纸上登了一些"生活小窍门"：如何不用肥皂洗衣服，如何不用糖做果酱。今天，报纸又推出了一种制油的秘方：只需采集五克白色的苔藓，一些上了浆的平纹细布，一块用来去除药味的干面包和一升水，便能得到"美味的油，但于48小时内食用为佳"。妈妈不打算尝试。而且我根本不知道去哪儿才能弄得到白苔藓!

1941年3月31日　星期一

爸爸来信了!是2月23日写的。他1月30日才收到我们寄出的圣诞节包裹!得知我们身体健康,他非常高兴,尤其想到有伊夫帮扶我们,他就很放心。他要我们向伊夫转达这句话,还说他以伊夫为荣。12月时,他经历过一段低落的情绪,因为收不到任何信件。他请我们不要忘记,对于他和他的狱友们来说,信是唯一的精神支柱。这一点我们怎么能忘记!我每周都写信给爸爸,但似乎我们的信并没有全部寄到。他们没有被过分虐待,但是与军官们不同,他们吃不饱。不过话说回来,"比起有些人",他们已经没什么好抱怨的了。出于审查的考虑,他就写了这些。

1941年4月5日

明天,我们要去小安德烈的妈妈科莱特·德拉法兹家吃午饭。我有点不大情愿,可是我们已经很久没有去了,妈妈说西蒙娜可能会在,她是安德烈的姐姐,和我差不多年龄。唉!我已经有不少朋友了,至少有一个"最好的朋友",所以不需要其他的朋友!而且植物园那么远……妈妈骂我是个小懒鬼。

1941年4月6日 星期日

我见到了西蒙娜,她16岁半,人长得非常漂亮,也很友好。在两位母亲谈话的时候,我们彼此做了介绍。虽然我比她小,她对待我却像同龄人一般。她在蒙田中学上高一,以后想成为一名儿科医生。她提议我们下周日再见面！我们吃了兔肉炖白菜。因为德拉法兹一家有一位熟人在诺让，此人有一块农场，给他们家提供禽肉、鸡蛋和黄油。一年以前，就在德国人将要占领巴黎的那一天，当我们蜂拥挤在南下的道路上时，西蒙娜就是呆在诺让的熟人家中。认识西蒙娜真是太棒了！晚安，我的日记本，我困得要跌倒了，要去睡了。我还没告诉你呢，因为走了太多路，我的脚疼得要命！我需要新鞋，这次是真的感觉脚长大了！啊，忘了说：西蒙娜有一辆自行车。

1941年4月7日 星期一

今天早上醒来的时候，我非常高兴，脑中第一个念头就是西蒙娜。能与她相识，我真心感到快乐。但同时，我又不太理解为什么这么好一个大姑娘居然会对像我这样一个比她小、比她丑（很多）的女孩感兴趣。而且，妈妈也跟我说，德拉法兹夫人"非常好，尽管我们不属于同一个阶层，但我们有着相同的思想"。年龄的问题，以及"阶层"的问题，我搞不太懂。不过，我和西蒙娜还是有相同点的：她父亲也被关在德国的监狱，不是在普通监狱，而在专门关押军官的监狱。西蒙娜很担心，因为已经好几个月没他的消息了。对此我很惊讶，因为安德烈曾经告诉我他"没有爸爸"，但我没敢问她，因为看到她的眼睛在泛着光，好像快哭了。我好想给她一个大大的亲吻，安慰她一下。可我仍然没敢，毕竟我们还没那么熟。我告诉她，我也很久没有爸爸的消息了。她叹了口气："是啊，但你爸爸，不太一样……"我想她这样说的意思是，她父亲是名军官，而我父亲只是个士兵。但是送信的人才不管这些呢！

1941年4月14日

我也很想和西蒙娜一样拥有一辆自行车，这样我们就可以一起骑车逛街了。乔赛特也应该有一辆。我很希望西蒙娜和乔赛特可以有机会认识并成为朋友。

1941年4月27日　星期日

天气晴朗，春风和煦。我和妈妈、乔赛特、阿琳娜一起去万森讷小树林散步。走了一会儿,我们老远看到一些人弯着腰匆匆忙忙在地上找着什么。原来草地被翻过了,用来种土豆。由于土豆已经收完,大家便在地里面大肆翻找着被遗忘的土豆。奇迹般的收获:我们今天晚上找到了足足三十多个土豆,大家可以分享了!

1941年5月4日　星期日

今天失望极了:我穿着那双折磨人的坏鞋和妈妈一直走路到德拉法兹家,西蒙娜却不在。虽然运气不佳,但我还是得在妈妈和科莱特说话的时候,做出开心的样子辅导安德烈背诵课文。西蒙娜和朋友们出去了。我心里有点难受,我要悄悄在你耳边说,我的日记本:我感觉有一点……嫉妒。这样是不是很傻?

1941年5月6日　星期二

我必须坦白一件极端可耻的事情：前天，我从科莱特·德拉法兹家里偷走了一瓶果酱。一想到这个，我从头红到了脚。我简直不明白自己怎么会做出这种事！现在，我既不敢吃，也不敢告诉妈妈。而且，要是换作从前，我根本就不会这样做，因为我不喜欢果酱。可是现在，我们吃得这么差，我一直处在饥饿中。但这根本不是借口！太羞耻了！实在受不了了，便只好向我的日记本说实话。一想起西蒙娜，我就想钻到地底下去。我永远都不敢直面她！

晚上，我把那罐果酱藏进橱柜的最深处，埋在衣服后面，只想永远将它遗忘！

1941年5月9日　星期五

今天晚上，德拉法兹一家来我家收听伦敦法国广播电台了。我好高兴见到西蒙娜！甚至都没再想那果酱的事。刚开始，我感觉有点尴尬，因为我们家远不及她们家豪华，连街区环境都差很多。正因如此，妈妈说我们不属于一个"阶层"。但她同时也说，在朋友之间，这些事根本不重要。今晚的伦敦法国广播电台又有戴高乐将军的声音。他再一次号召法国人进行抵抗。之后，通过妈妈和科莱特的交谈，我大约明白了：一些针对犹太人的可怕的事情正在酝酿之中。令我难过的是，德拉法兹一家很快就要去诺让乡下了。不知道他们要去多久，但西蒙娜说她一回来就会联系我。

1941年5月10日　星期六

乔赛特刚才来过，她的神情很奇怪。我们喝了一杯菊苣咖啡。妈妈问她出了什么事。她泪如泉涌。妈妈赶紧安慰她，她才开口说，她爸爸今天早上收到了一封警察局的文件，要求他去亚皮大街的体育馆"接受情况检查"。他不得不去，因为文件上注明"但凡缺席，将会受到严重的惩罚"。她还说她父母并不担忧，只是她自己在担心而已。她父亲认为自己并无任何可被指责之处，这只是一个"身份确认"。可是妈妈看起来很是紧张，她问乔赛特她妈妈是否在家，便陪她回家了。到现在她还没回来。

✦

1941年5月11日　星期日

妈妈对乔赛特的母亲说，她必须立即离开巴黎，传唤那天，以及之前这几天，她们家任何一个人都不要留在家中。谁也不知道德国人脑子里在筹划着什么。劝说她是个艰难的过程，因为乔赛特的妈妈并不认为这次传唤有什么可怕。妈妈非常坚持，就像她一直以来的那样坚持。妈妈甚至还提议让她去克雷西我舅舅家，不过乔赛特的妈妈认识萨尔特的一家人，最终，她决定今天就带上乔赛特和她的两个弟弟离开。她的父亲还是决定留下，他要去警察局"依法行事"，他说。

1941年5月21日　星期三

人们说5月14日那天，数千名"外国"犹太人被召集，他们全部被带到巴黎附近的集中营去了！没人知道他们将何时被释放！幸亏乔赛特还不知道她父亲的情况！当她过完夏天回来时，他肯定已经回来了。

1941年5月24日　星期六

查诺那大街杂货店前面排着无穷无尽的队伍。更何况我本来就很讨厌她，那个毒舌的老板娘，她不停地诅咒着犹太人。今天上午，她拿奇怪的眼神看着我，用一种谄媚的声音向我打听我的"好朋友戈德斯坦"的消息。妈妈说我们再也不去她家了。可问题是维德一家还在乡下，她家就是最近的杂货店了。

※

1941年6月2日　星期一

我的生日礼物是爸爸的一张卡片！我不知道他对这可恶的邮政做了什么，因为卡片正好今天早上到了！爸爸说，他在写卡片的时候，身上穿的正好是我织给他的毛衣。这件毛衣有魔力，因为它总是带给他力量和温暖。既然他们5月份还穿着羊毛衫，这说明那边确实是个奇冷无比的地方！

1941年6月6日　星期五

伊夫刚刚从克雷西来，带来了猪肉和路易丝花园里的蔬菜。过节喽！伊夫来的时候我的心情总是格外的好。我告诉了他乔赛特的事。他肯定了一件事，妈妈让戈德斯坦一家躲起来是非常正确的，犹太人的处境太危险了。我希望我们很快能得到乔赛特的消息。啊，我好高兴伊夫在这里！一切都变得简单了，也更安全了。很遗憾西蒙娜不在巴黎，我希望他们也能彼此认识。我喜欢让我喜欢的人互相喜欢。这样说是不是很妙？（但可能有点傻！）

1941年6月8日　星期日

伊夫一整天都不在。自从开始常来巴黎，他结交了一帮来自查理曼大帝中学的朋友："一群急切想为法国出力的家伙！"当他这么说的时候，眼中闪着光芒。我不太清楚这话的意思，而伊夫是属于比较低调的那种人。但我知道他常与妈妈交谈，我非常努力让自己不要受伤。算了，没错，我只有12岁，可是这又怎么样！

1941年6月13日　星期五

今天，我向阿琳娜诉说了我的愤怒，因为伊夫不告诉我他在做什么。阿琳娜笑了："那当然了，他正在参加抵抗运动。我哥哥弗朗索瓦也在搞这个，他们不应该多说，因为不想'连累'家人，就这么简单。"我有点安心了。我在想伊夫和弗朗索瓦是否互相认识。我见过阿琳娜的哥哥几次，他17岁了，长得很帅！

1941年6月23日　星期一

昨天，希特勒的军队开始侵略苏联俄国。我希望俄国军队把希特勒打败，因为敌人的敌人就是我们的朋友，我们现在已经有超过一亿八千万的朋友了！

1941年6月26日　星期四

今天拉了超过两个小时的警报。我们被困在圣保罗地铁站下面，像沙丁鱼一样紧紧地贴在一起。即使再难受也得耐心等待。假如这事发生在家里，我们便会赶快下楼，冲进地窖。那里已经被我们收拾成一个名副其实的漂亮小沙龙，但是如果碰巧在大街上，就必须跑去最近的地铁站，这可不是闹着玩的，因为所有的人都挤在一起，快要被吓傻了！

※

1941年6月28日　星期六

我们听说很多犹太人被关在巴黎北部的集中营里。没有人知道为什么他们的材料是正规的，却还要被抓起来。妈妈为乔赛特的父亲而发愁，他显然还没回来，因为他家的五金店依然关着门。我也很担心。

1941年6月30日　星期一

明天要放暑假了。伊夫向我们宣布：下一年他不想呆在克雷西了。他感觉自己在巴黎,留在我们身边以及和这里的伙伴们在一起,比呆在安全的乡下更为有用。"至于学业……我有比坐在学校板凳上更重要的事要做。我和我父亲说过了,他不反对。"妈妈说:"伊夫,你今年快17岁了,我觉得,看眼下的形势,你有权决定自己要做的事。如果你的父母同意,如果伊莲娜同意……"听到这里,我再也坐不住了,冲上去抱住伊夫的脖子:"我肯定同意!"就这样,下一年伊夫会留在我们家,他睡在大房间的长沙发上。而我,有了亲爱的表哥做伴!我高兴地快疯了!还有一件事是肯定的,等西蒙娜一回来我就介绍他们俩认识!

1941年7月2日　星期三

妈妈希望我立刻去克雷西,而我却还想和西蒙娜多玩玩。可不是吗，我们俩都放暑假了，天气又好，我自然可以和好朋友再呆几天的！妈妈应该明白这一点啊！

1941年7月3日　星期四

从俄国传来了不好的消息：开战一周以来，4000架飞机被毁，俄国人丢失了四座城市！7月份的配票发放也有不利的变化：面包的配额降到A卡每日200克，J2和J3卡每日250克。幸好现在我们有科莱特·德拉法兹介绍的诺让农场作为储备。但非常远，而且要背上书包骑车过去，装出在搬书的样子，因为我们不可以在商店以外的地方买东西。德拉法兹一家将去那里度暑假。

1941年7月7日　星期一

今天晚上，因为骑车骑得太久我快要累死了！但我在诺让见到了西蒙娜。由于我后天就要去克雷西了，好想两个人单独在一起说说话。后来我俩在胡桃木树下面聊了整整一下午，像两个真正的朋友那样。我好满足啊！我跟她讲了乔赛特以及发生在她家的事，他们一家为了躲避对犹太人的迫害而藏匿。听到这儿，她露出了担忧的表情。西蒙娜是慷慨的化身，她总是关心别人和他们的遭遇。我多想成为她那样的人！再后来，太阳落到谷仓的屋顶下去了，我跳上自行车，背着装满蔬菜的书包，想赶在宵禁之前回到家。因此，我的腿这会儿又酸又疼！

1941年7月8日 星期二

最终决定星期五出发。这样也好，天太热了。我原地转圈，不知该干什么才好。伊夫已经在克雷西了，帮他父母收草。朋友们都不在。乔赛特呆在萨尔特，阿琳娜去她奥弗涅的祖父母家了，西蒙娜在诺让，而我再也不能忍受克洛蒂娜这个大坏蛋了。

1941年8月12日

乡下的生活比巴黎简单多了。我们吃得很饱,在田间日头下睡午觉。有些时候,我几乎忘记了战争的存在。唯一令人伤心的是:被关在监狱里的爸爸。还有一件让我难过又气愤的事:伊夫在和我玩捉迷藏。已经有三次,他离开了克雷西好几天,却不告诉我(及其他任何人)他去了哪儿。

1941年8月20日

妈妈明天回巴黎。她怕万一有爸爸的消息。她回去的时候肯定能拿到一封信。

1941年9月12日

我又回到巴黎了……重逢了一位老朋友:饥饿!

食物比夏天之前更缺乏了。妈妈得早上五点钟起床去商店排队，假如去迟了就什么都没有了。有些精明的人通过帮别人排队来赚钱：看门人的女儿苏珊娜帮人排队，每小时挣四法郎。不过我们可不想求助于她，因为听说塞纳提一家和克洛蒂娜一家一样：反犹太人。真是可怕！

1941年9月14日

我的朋友们回来了。乔赛特和她的家人是昨晚回来的，不过五金店还没有开。妈妈猜测乔赛特的父亲被关在巴黎附近的德朗西集中营。这是一个专门关押犹太人的集中营。我们至今不明白为什么他们会被当成犯人关押起来，不过这是乔赛特父亲最现实的处境，因为他至今没有任何消息。妈妈说，戈德斯坦一家不应该回来：8月底又有过一次大清洗行动。当时妈妈在场，警察把整个街区封锁起来抓捕犹太人，连妇女和儿童都不放过。我不知道是不是应该把这些告诉乔赛特。

1941年9月15日

我邀西蒙娜下个星期日与我、乔赛特一起去比特—肖蒙公园散步。我很希望伊夫可以和我们一起，但他星期天经常出去。妈妈说她要亲自去找乔赛特的母亲说明利害。

1941年9月21日

昨天有个大惊喜。我至今还未缓过神来！早上，伊夫什么也没跟我说就从家里出去了。下午，当我们三人到达比特—肖蒙公园时，西蒙娜不停地四处张望。忽然，她露出了一个大大的笑容，伊夫居然出现了，他们像老朋友那样彼此拥抱，但能看得出来，他们更想像恋人那样互相亲吻！

晚上，我鼓足了勇气，问道："你原来就认识西蒙娜吗？"伊夫笑了笑："当然了！5月份的时候我第一次在布雷大街上看到她，正好在她离开巴黎之

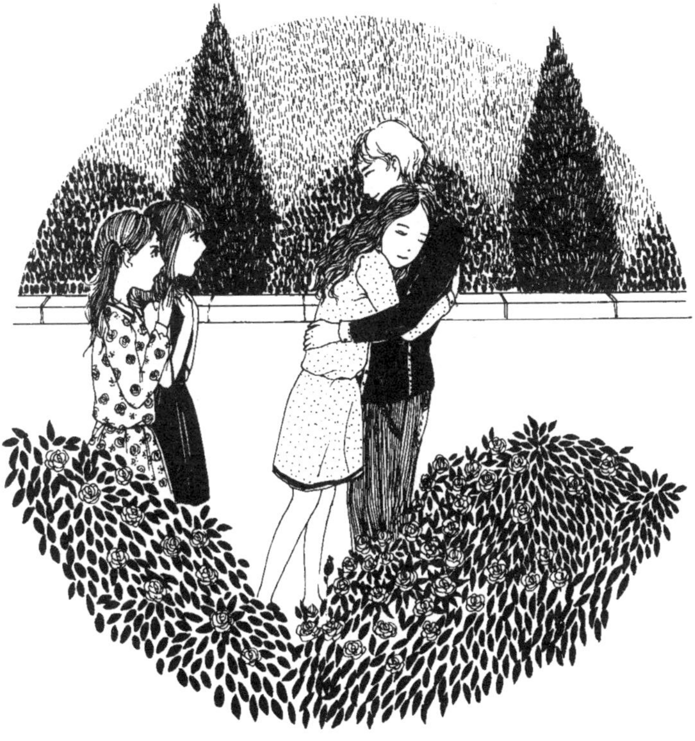

前，就这样！"他大笑起来，"你不知道爱情有多么美妙！这个夏天，我去了诺让好几次。"他不停地笑啊，笑啊！原来这就是他多次神秘离家的原因！我有点受挫，他居然什么都没跟我讲。

1941年9月22日

科莱特·德拉法兹来我家听广播了。德国鬼子对那些不顺从他们的法国人，尤其是年轻人展开了报复。听说这个星期有三个年轻人在万森讷被射杀，理由是他们"威胁"德国军队。妈妈叹了口气说，这至少证明有人在与敌人抗争。接着，我们屏声静气，因为要听清伦敦法国广播电台一定得保持无比的安静，那声音太模糊了。

1941年10月1日

不知道是不是因为开学让我想起了玛德莱娜，但确实很久没有她的消息了。伊夫说，这很正常，因为她在参加抵抗运动,而妈妈又请她不要给我们招来危险。可是……妈妈安慰我:玛德莱娜还是会时常寄来一张小卡片报平安,用暗语的签名,上一次是一个月前。

1941年10月3日

伏尔泰中学初二的开学仪式真是凄凉。我们的人数比去年更少了。依然是可怖的布尔乔亚先生,他除了教法文,现在还教历史!

1941年10月9日 星期四

爸爸来信了。他问我们是否可以寄鞋给他。听说伊夫完全和我们住在一起了,他很是放心,说这下"家里有了个男人"。但他有所不知,这个"男人"用在林奈大街西蒙娜家或在"大本营"(这个地方是个秘密!)的时间比用在我们家的时间多得多……不过按照妈妈的说法,这段恋情对大家都好……

1941年10月12日

最近有一个恐怖的展览:"犹太人和法国"!听说他们在展示犹太人的长相特征:鼻子、嘴巴、耳朵、眼睛!进门的地方有一张海报,上面写着:"每个法国人都必须下决心抵抗希伯来帝国,所以必须了解犹太人,请查阅这些资料,进行自我教育。"真是令人作呕,卑鄙残忍,胆大包天!可耻!今晚吃饭的时候,我们和伊夫谈到这个,他握紧拳头说道:"真应该给这座柏林宫殿投上一颗炸弹!"妈妈什么也没说,只是把手放在了伊夫的手上面。

1941年10月13日

乔赛特的母亲告诉妈妈,她不愿意离开,她想等她丈夫的消息，他一定会回来的。不论如何，她的生活在这里，巴黎。而且她不想再麻烦今夏收留他们的那家人。妈妈又提出可以让他们藏在勃艮第的克雷西，可是乔赛特的母亲说，她不需要隐藏。而我，实在不知道该对乔赛特说些什么，每当想到那些悬在她头顶的威胁时，我就难过得要命。

1941年10月15日

现在，我终于确切地知道玛德莱娜在做什么。伊夫让我发誓保密之后才对我开口。她在参与一份号召法国人进行抵抗的报纸发行，负责把报纸投进信箱。但由于我不懂保守秘密，便透露给了妈妈，她一点也不高兴。"我还以为伊夫该知道管好自己的嘴！不管怎样，既然你已经知道了，那请你一定要保守秘密。任何人，包括你最亲密的朋友，都不能知道这件事。"当然了，我理解。任何人，但除了你，我藏在地板下面的日记本。今天晚上，伊夫对我说："这是我最后一次和你分享秘密。你就跟其他女孩一样，不知道怎样管好舌头！幸好你不知道我们大本营的地址！"我彻底被他伤到了！

1941年10月18日　星期六

昨天，一辆德国汽车在理查—勒努瓦大街上爆炸了。今天上午，德国鬼子在所有的墙上都贴出了他们的"复仇"成果：五名随机抓获的巴黎人质被射杀。下一个遭殃的有可能就是我们！太可怕了！太可怕了！

1941年10月23日　星期四

50名人质在夏托登遭射杀！

1941年10月24日　星期五

这些日子，地铁上有许多可怕的反犹太人海报。

于是，我决定再也不坐这肮脏的地铁了！星期日，我们要去德拉法兹家做客，科莱特托伊夫告诉我们她身体有点不舒服，不太想出门。

1941年10月26日　星期日

科莱特看起来很健康。我问西蒙娜下周日是否会来我们家，她的回答很含糊。我感觉她神情很奇怪。

1941年11月2日　星期日

德拉法兹一家没有来。我很失望，非常失望！妈妈有点生气："你不要只想着自己！他们不想出门，肯定是有他们的理由。"我问道："什么理由呢，他们说过……"妈妈对我说："之后你就明白了……"我很想念西蒙娜，但这段时间以来，我不常见到她了。我很不满意！

1941年12月5日　星期五

德国人对法国人的报复还在继续。今天早上有人在巴黎街头散发了无数张黄色的传单,上面是66名被射杀的人质姓名。今晚西蒙娜来我们家里了。她没看到传单。伊夫补充道:"传单下面写着,'他们都是法国人,非犹太人,即共产党'。"西蒙娜说:"法国犹太人!你确定吗?"她的脸色一下变得苍白。而含情脉脉看着她的伊夫却变得满脸通红。他真是非常爱她。

1941年12月8日　星期一

美国人今早6点对日本宣战。英语课推迟上课。

英语老师乌曼女士很晚才走进课堂,兴高采烈地说:"来吧,小姐们,假如你们想与登陆的美国人对话,那就赶快学英语吧!"几个人小声地笑了起来,但紧接着,有人发出威胁的"嘘嘘"声。

1941年12月11日　星期四

美国人加入战争,和我们并肩反抗德国鬼子。他们的军队一定会登陆,拯救法国!希望再次诞生。与德国为伍的日本人袭击了美国珍珠港,德国和意大利刚刚对美国宣战。这下,这场肮脏的战争成了国际性的了。20年来的第二次,这个世界可能真的疯了。

1941年12月14日　星期日

伊夫从克雷西回来了,给我们带了圣诞礼物,也给爸爸准备了一个包裹。但我还是很悲伤。一切都显得灰暗、冰冷。我感觉这场战争没有终点。

1941年12月15日　星期一

在邮局排了三个小时的队。所有人都在给囚犯们寄圣诞包裹。我们往邮包里装了妈妈织的袜子、烟草、五瓶沙丁鱼罐头，以及两块漂亮的馅饼、一条香料面包，都是路易丝亲手做的，他们家里有蜂蜜。我差点捏一小块下来，但当妈妈看到我投向香料面包的眼神时，她盯了我一眼，我便不敢开口了，现在想起来只觉得羞愧。我们只可以寄两公斤的包裹，这是上限。

❋

1941年12月17日　星期三

今天在活动课上，有人散发了一张传单，上面写着:"希特勒残害、暗杀成千上万的犹太人,但他的末日到了,因为美国人和我们站在一起。为自由而战!美国万岁!"大家都在猜想,这传单到底是谁制作的,从哪里来的。每个人都面面相觑,心想:"是她吗?她参与了吗?"也有可能是从外面传进学校的。未解之谜!或者是高二或者高三的学生也说不准。我真希望能认识他们,但他们肯定瞧不上我一个"小初二生"!

1941年12月19日 星期五

今天是最后一天上课,所有人都像脱了缰的野马。学校里散播了十几份传单,上面写着:"戴高乐万岁!""德国鬼子去死!"还有"太棒了,我们马上就可以敞开肚皮吃了",甚至还有一份上面写着"胜利=自由=牛排+薯条"。

1942年1月13日　星期二

这绝对是一台碾杀犹太人的机器，太恐怖了！德国人到底要怎样才能罢休？如今，到处都有商店橱窗被贴上刺眼的"犹太企业"标签。就是这样，我才知道布雷大街的木匠是犹太人，还有大仲马大街的理发师，学校旁边伏尔泰大街的照相师，蒙特勒伊大街的杂货店老板都是犹太人。可是他们和别人又有什么不同呢？而且，德国鬼子不停地对他们发布着各种禁令：他们晚上八点之后不许出门，不许骑自行车，不许装电话，一部分地铁和火车车厢，甚至一些公共区域也禁止他们进入。他们不能当老师、医生，不能开银行账户。如今，人们躲避着犹太人，不再去犹太商人开的店。甚至在课堂上，和克洛蒂娜想法一致的女生要比和我意见相仿的人更多！

1942年2月5日　星期四

太冷了,太冷了!最后一粒炭渣子都没有了,就连锯末也没有了。为了取暖,我去妈妈的床上睡,我们穿着粗毛线衫,围着围巾睡觉。趁着煤气还没被切断,我们烧上一瓶开水暖床单。但结果我们睡得很差,疲倦让人更加寒冷!

1942年2月7日　星期六

"难不倒"精神万岁!把栗子粉和苜蓿根混合起来可以得到肥皂;至于蔬菜,报纸告诉我们:可以用植物的根叶来代替,"最好是"胡萝卜(而我更想知道文章作者有没有亲身试验过!),若想不用鸡蛋做出蛋黄酱,就把面粉、芥末酱和冷水(只有这个现在还能找得到！）混合起来。至于咖啡，各种妙方横空出世：羽扇豆或者犬蔷薇花种子、栗子、橡树果实、苹果皮……但仍有一个问题：就算找齐了这些宝贝，总得把它们弄熟。可是没有煤气，该怎么办？

1942年2月14日　星期六

今天晚上，伊夫带了三个朋友来家里听伦敦法国广播电台：弗朗索瓦（阿琳娜的哥哥）、乔治·莫马特和费尔南·吕桑。他们三个人都很好，非常热情，并且够低调：每个人都没说任何与秘密活动有关的话。妈妈什么也没问，我也没有。我很敬佩他们。但是由于德国的干扰，伦敦法国广播电台完全听不清楚。真气人！

✻

1942年2月16日　星期一

一段时间以来，随处可见宣传戴高乐将军的涂鸦

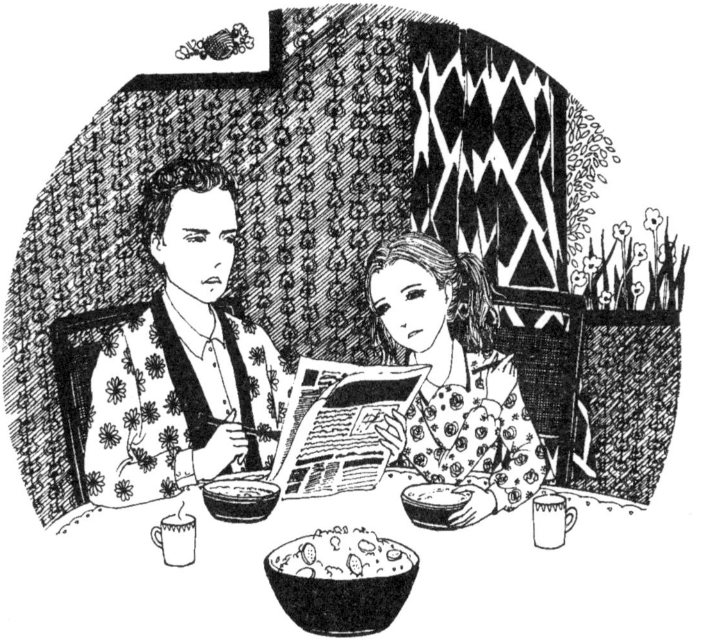

和标语,代表胜利的V更是遍地开花。

伊夫刚刚告诉我一件很有趣的事:在摩尔斯电报里,V的标志是三个点和一条短线。这正好是贝多芬第五交响曲(我知道这首曲子)的调子。如今,无论在大街上,地铁里,还是其他地方,这四下拍击的节奏成为了一种团结的信号!

1942年3月4日 星期三

昨天晚上发生了一起巨大的爆炸。声音从巴黎的另一边传来,动静非常大!我们赶快跑向本居民楼的避难处,伏尔泰大街186号第54号避难处。地窖里至少有50人,却只有一只昏黄的小灯泡。今天上午,我们得知是英国飞机炸毁了雷诺建在布洛涅-比扬古的工厂,死了很多人。爆炸发生的时候我好害怕,双腿发抖,肚子疼。另外,大家都说德国人一定会展开报复。

1942年3月7日

依然是比扬古雷诺的消息。报纸上的标题是："600人死亡，1000人受伤，拜尊敬的英国国王陛下所赐"。说得好像是英国人导致了这场悲剧发生一样！他们至少在与德国人作战！他们没有签订停战协议！这个通敌的政府真令人恶心！

1942年3月8日

我看见妈妈把一个摔碎的水壶粘好了，她先拿了一瓣蒜头，抹在需要粘合的地方，然后用细绳把各部分紧紧地绑起来。居然成功了。妈妈是真正的妙招女王！

1942年3月11日

听人说，波兰所有的犹太人都遭到驱赶，关进了犹太人区。太可怕了，太可怕了，太可怕了！

1942年3月17日

黑市盛行。无论什么东西都能卖到金价。警察昨天逮捕了一个人,他把狗肉当羊肉卖!

1942年3月21日

开春了。饥饿如影随形。明天是黑暗的一天,因为要上英语作文课。我平时挺喜欢英语的,但必须承认:我没怎么复习。首先,我的心思不在学习上。其次,学校里那些人怎么不想想,我们怎么能空着肚子学习呢?

1942年4月1日　星期三

阿琳娜从她哥哥那儿听说，蒙特勒伊大门附近的荒地里有很多的蒲公英。明天我要和阿琳娜、乔赛特一起去，带上口袋和小刀。蒲公英可以拌沙拉，炒蔬菜，烧汤，甚至还可以把它粗粗的根煮熟，味道很像菊牛蒡，挺好吃。

1942年4月5日　星期日

蒲公英吃了不消化！一想起来就恶心。战争结束后，我再也不吃蒲公英了，还有什么大头菜、洋姜、菊苣、糖精、橡树果实……我要吃：火腿三明治、奶酪馅饼、巧克力蛋糕、堆成小山一样高的薯条！

1942年4月14日　星期二

德国鬼子想把我们活活饿死！他们抢了我们所有的小麦，所有的肉，所有的煤炭，所有的一切！今天早上的数学作业是："请参照每月粮食定额分配表，计算分配给A卡持有人的每日粮食供应量。"以下便是我们得到的结果：肉，30克；面包，150克；糖，12克；脱水蔬菜，14克；土豆，37克；奶酪，7克。我们饿啊！

1942年5月24日　星期日

西蒙娜是犹太人！今天下午我与她一起乘地铁时知道的。我们坐在最后一节车厢。她对我说："你知道为什么我们要坐在车厢尾部吗？因为我是犹太人！

没错，犹太人，我父母和祖父母都是犹太人！"怪不得德拉法兹一家近来很少出门！这也解释了很久以前安德烈说过的奇怪的话："我没有爸爸。"他那时六岁，正处于大清洗的恐怖和慌乱之中，大人们叫他不要透露自己的姓，由于这一切来得太迅速，没人向他解释真正的原因，因此这个6岁的小人儿便有了自己的理解：他不应当提起自己的爸爸。想到这儿，我才明白过来。真是个小机灵鬼！我什么都没跟西蒙娜说。我拥抱了她，问她伊夫知不知道。她对我说："他知道。"两大串泪水从她脸颊滑落。这场战争真是糟透了！

※

1942年6月2日　星期二

今天我13岁了。妈妈说我变成了一个"年轻姑娘"。一个穿得怪模怪样的年轻姑娘：我比去年冬天又掉了至少两公斤肉，而且所有的衣服都嫌短了！在学校，我尚且能用灰色的罩衫遮住下面奇怪的搭配和露在外面的膝盖。开学的时候我们发罩衫，我在二号和三号之间犹豫不下，因为我自己的罩衫装三个我都没问题，这种困扰已经不是第一次了！可是在家里，当我站在镜子前面，实在是不喜欢自己的样子：我的膝盖外翻，袖子太短，手腕露在外面，而且没有腿肚子。妈妈说我"这样"就很漂亮，伊夫嘲笑道："你照照镜子就知道了！"他太坏了！这家伙惹人讨厌起来真是没底线！

1942年6月4日　星期四

我问妈妈她是否知晓德拉法兹一家的事，她答道："你现在可以知道了，其实他们姓德雷福斯，这是个典型的犹太名字。科莱特通过在警察局的一点关系弄到了一张假身份证，把德雷福斯改成了德拉法兹。幸好，这世上不全是混蛋！"我问："那为什么西蒙娜还要坐在地铁最后一节车厢呢？""犹太人是不能进入其他车厢的，而非犹太人可以进入任意一节车厢。万一她不幸被……盯上，遵守了法令总归对她有好处。"我说:"也就是说,假如她们被捕,那张假身份证其实根本没用!"妈妈回答说:"原则上应该不会有问题。"然后她重复道:"原则上……"

1942年6月7日　星期日

占领区的犹太人必须身穿胸前缝了一枚黄色六角星的衣服!太可怕了!虽然这不是第一条"反犹太措施",因为一年多以来,犹太人持续被剥夺了很多权利。但是这样一来,逼迫我们这些非犹太人也要对我们的犹太朋友另眼相待了。不过要是他们以为这样就能改变我和西蒙娜以及乔赛特的关系,那他们就大错特错了!

1942年6月10日　星期三

我问西蒙娜她会不会佩戴黄星。她生气地回答道:"你等着看好了!"这是她第一次冲我发脾气。让她伤了心,我好难过。

1942年6月13日　星期六

最后一点用来制作肥皂的原料也没了。妈妈在尝试一种新配方,是她在杂货店排队时听来的:牛油、烧碱和树脂的混合物。多谢了!脏就脏吧,我情愿不洗!

1942年6月20日

今天,我们一伙人在万森讷小树林散步。西蒙娜、乔赛特、阿琳娜和我还坐了地铁。伊夫和他的朋友们:乔治、弗朗索瓦和费尔南在树林里和我们聚了一会儿,没有多逗留,因为他们有事要做(我想他们是不愿意和我们一起出现,以免将我们牵扯进去)。乔赛特骄傲地展示着她的黄星,西蒙娜也沿着裙摆一周缝了七颗星!还有乔治,他也有一颗星,我这才知道他也是犹太人。伊夫开玩笑地说这星星很有装饰效果,应该也给阿拉伯人做一颗绿的,巴黎人一颗蓝红相间的,共产党一颗红的,图鲁兹人一颗紫的……我们笑了好久。

✳

1942年6月25日

妈妈见到玛德莱娜了。她的住处有了麻烦,之前她住在一个同志家里,但他不久前因为抵抗活动被捕了。她必须得另寻住处,但找到之前这段时间她不知道该住哪儿。妈妈很尴尬,她很想帮忙,但是让她住在我们家的话实在是太危险了。

1942年6月30日

本年度最后一天上课。我们顺理成章地升到了初二。妈妈肯定不会满意这平庸的成绩单:"伊莲娜第三学期表现平平。态度得过且过。下学期开学后她必须更加努力。"在校门前,我们十几个人互相预祝假期愉快,尤其要"吃好","养好身体"。离开的时候,我突然感到一阵惭愧:我只知道自己属于有条件去乡下度假的这类人,却忽略了另外一群女生,她们并不像我们那样兴奋地期待假期。因为她们没有乡下亲戚,只能呆在巴黎。

❈

1942年7月1日 星期三

我给爸爸写信了。给他写信总是有点奇怪的感觉:当他读着我的信时(假如信能寄到!),他眼前浮现的形象还是两年半以前的我,但我早已不是那个样子了。不过,这样的想法也持续不了多久。因为已经很难买到纸了!即使买得到,有些纸已经印不上墨水了，信封也变得越来越窄，不是棕色就是灰色，很容易就撕破，而且还没胶水。

1942年7月4日 星期六

两周之后我们就要去度假了！有件大事让我欢欣雀跃：德拉法兹全家，科莱特、西蒙娜和小安德烈会和我们一起去克雷西过暑假！而乔赛特月底将和她妈妈和弟弟们去萨尔特。她父亲还没任何消息，她也不愿谈及，一旦有人问到这个话题，她就刷地一下拉下脸来。妈妈说这事不要再提。乔赛特的妈妈肯定地说他战后就会回来。

1942年7月5日 星期日

科莱特真是一个大好人！她向妈妈提议，让玛德莱娜暂时住她公寓楼中一间女仆的卧室。无论如何玛德莱娜不会连累任何人，因为她只住两三个礼拜。

1942年7月13日　星期一

今天我们坐火车去克雷西。科莱特有事不能离开巴黎。于是西蒙娜，伊夫和我三个人先走。目的地：里昂火车站。嘻嘻嘻，乌拉！妈妈，科莱特和安德烈星期五会来和我们汇合。

1942年7月17日　星期五

妈妈和科莱特今天没到。我有点担心。

1942年7月18日　星期六

今天上午，我和西蒙娜一起走进厨房。我看到保罗舅舅急急忙忙把报纸收起来。他对我做了个手势，我没敢吱声。趁西蒙娜上楼去换衣服的时候,他给我看了报纸。太可怕了!德国鬼子对全巴黎的犹太人进行了大抓捕!我赶快跑去见伊夫。不能让西蒙娜得知半点风声。继续等妈妈的消息。

1942年7月22日　星期三

妈妈昨晚到了。她一把抱住西蒙娜,两个人立即一起上楼。她们出来的时候,我看出西蒙娜哭过了。伊夫立即拉她过去,把她紧紧抱在怀中。他们去田间散步了。妈妈把一切都告诉了我。科莱特和小安德烈,连同所在街区所有的犹太人都被带去一个体育馆,然后被转移到一个集中营。不知道他们现在在哪里。和乔赛特的父亲一样,不知道他们什么时候能回来。今天我都没心情动笔了。晚上,西蒙娜脸色惨白,神情恍惚,也许魂儿都飘去她妈妈那边了。可是在哪儿呢?没人知道。她在餐桌上一言未发,却努力挤出一丝勉强的微笑,看得我好想哭,但是妈妈特别叮嘱我不许哭。

1942年7月24日　星期五

我得把妈妈的话记下来。上个星期五，妈妈按照约定去了德拉法兹家，但是整个街区都被木栅栏拦起来了。盖世太保的德国士兵以及法国警察走进大楼，强行将各家大门打开。德拉法兹家门前拉了一条警戒线，意味着楼里面的犹太人已经被带走了。妈妈问他们去了哪里，有人说去了一个体育馆：冬季自行车赛车场，很远，在第15区。她之前为玛德莱娜担心，但没想到最终被捕的是犹太人。然后她在人群中看到了玛德莱娜，她们一起去了冬赛场（一般就是这样简称的）。那里人山人海，都在外面等着里面的人出来，可是一个人也没出来。成千上万的犹太人被关在里面，婴儿在哭闹，孩子们在哭泣。妈妈和玛德莱娜等了整整一个晚上。黎明时分，篷布遮盖的卡车到了，体育馆的门打开了。被捕的人排成队，手中拎着各自的小箱子，安静地走了出来。妈妈在其中看到了科莱特·德拉法兹，她手中抱着小安德烈。虽然经过了一个可怕的夜晚,但她依然是那样优雅、端庄。她看到了妈妈,向她微笑了一下并做了个小手势。接着,她被推上卡车,与其他犹太人一起消失在篷布下面。卡车车队开动了。就是这样,我们不知道于何时何地犹太人会被逮捕。有人说他们会先在巴黎附近的一个营地集中,之后可能会被发派到另一个营地,但在德国。只能祈祷他们得到好点的待遇,但愿我们很快能有他们的消息,但愿我们亲爱的西蒙娜少落些眼泪!

1942年7月30日

可怜的西蒙娜。她变得沉默寡言,几乎不开口说话,有时我看到她脸上滑下一颗颗斗大的泪珠。虽然她快速地用袖子拭去,但还是被我看到了!我很想拥抱她,但总是被伊夫抢在前面。有时,我有点嫉妒他。我得改掉自己这愚蠢的毛病:嫉妒。我总是想要别人爱我超过一切。

1942年8月3日

妈妈告诉我,这段时间玛德莱娜要住在我们布雷大街的家,因为她自己的住所被警察盯上了,一名抵抗运动成员上月在那里被捕。由于我们现在不在巴黎,所以按照妈妈的说法,"我们不会受到任何怀疑"……

1942年8月5日

我偶然在书包的夹层发现了一张爸爸的照片,我找这个已经有一年了。它卷角了,磨坏了,但确实是爸爸。再次看到这张照片,我感到无比的喜悦,忽然有种天下太平的感觉。感觉将来我们三人一定会重逢,会像从前一样快乐。有时我告诉自己:船到桥头自然直。只需这张小小的照片就够了!

1942年8月14日

昨天,在距离克雷西几公里之遥的蒙提尼举行了一场葬礼:村里的杂货店老板娘、老太太热艾夫人去世了。停战分界线正好在教堂和公墓之间穿过。我们跟在逝者亲人、朋友和邻居们的队伍后面。回来的时候,"亲人和朋友"的数量比去的时候少了很多!我用手肘碰了碰路易丝舅妈,问道:"刚才那是谁?"她朝我使了个眼色。后来我才知道,两名逃犯,三名犹太人和一名英国飞行员陪着热艾夫人去了她位于自由区的安息地……

1942年8月17日

我刚从邮局回来,给爸爸寄了一个大包裹:自家的蔬菜罐头、火腿、馅饼、一只鸡。没有水果，因为爸爸在上封信中说前一次寄去的水果到的时候都坏了。

1942年8月18日

玛德莱娜写信说她把我们的阳台改成了菜园：她种出了西红柿！还说她差不多找好了另一个住处，在郊区的克拉马附近。我希望如此，因为毕竟她所从事的地下活动可能会给我们招来麻烦。更何况现在西蒙娜跟我们在一起，那就更危险了。

1942年8月19日

伊夫在玩捉迷藏。他经常出去，现在总不是为了去找西蒙娜吧，因为她人就在这儿！

1942年8月23日

我在装面包的木箱里发现了一叠传单！我好害怕，

但在迅速合上的瞬间，我飞快地扫了一眼上面的字："叛徒不得好死！拉瓦尔、达尔朗、德阿、维希的邪恶帮派。请不要相信他们，这些卑鄙无耻的恶棍领着德国人的钱，出卖祖国！"一定是伊夫把传单藏在这儿的。我在想保罗舅舅和路易丝舅妈知不知道这件事。我得和伊夫谈谈。

1942年8月25日

果然是他！所有人都知道，包括西蒙娜！果然只有我一个人蒙在鼓里！伊夫又摆出他那副高高在上的姿态对我说："这事不用你操心，伊莲娜……"我被他气得够呛！

1942年8月29日

昨天实在是太惊险了。早上7点左右吃早餐的时候，我们看到三个德国鬼子从院子里走进来。保罗舅舅说:"来搜查了!西蒙娜!传单,子弹!"听得我一头雾水。妈妈冲进西蒙娜的房间,把她叫醒,叫她翻过窗户,藏到花园后面的厕所里去。然后妈妈回来,穿过厨房,从面包木箱里取出我之前发现的那些传单,放在炉灶里烧毁。伊夫把一个铁匣子放进口袋,那里面藏着一盒子弹。这一切的发生不过两三分钟。在此期间,保罗舅舅把那三个德国鬼子拦在门外。而我则像傻子一样吓呆在椅子上。我听到保罗舅舅的声音:"进来吧,先生们!"德国鬼子进到家里,其中一个人守在厨房,用手枪指着舅舅。我背上冷汗直流。伊夫又出现了,按照鬼子的命令坐了下来,接着是路易丝和妈妈。另外两个人怒气冲冲地回来了,他们什么都没找到。祈求他们赶快走吧!忽然,我的目光落在了桌子正中的牛奶瓶上。牛奶变成了灰色,一眼就看得出来!我看了伊夫一眼,忽然明白了:他把一些子弹扔进了牛奶瓶,火药慢慢地将牛奶染色了。哎呀,牛奶变黑了!他们快走啊,倒是快走啊!终于,他们一甩门走了出去,威胁说还会回来。我们把浑身发抖的西蒙娜找了出来。

1942年9月1日

前两天的险情太要命了,我们每个人都吓坏了。今天上午,妈妈同伊夫激烈地争论了一番,从此不许他再藏任何东西、任何人(当然除了西蒙娜)。当务之急是玛德莱娜必须马上离开我们巴黎的住所。由于她的活动,我们处于极端的危险当中。妈妈明天就走,在我们回去之前把事情安排妥当。

1942年9月13日

妈妈没了消息。保罗舅舅叫我不要担心。明天,伊夫、西蒙娜和我一起坐火车回巴黎。

1942年10月6日

妈妈被捕了,正因如此,我好久都没再写日记。看门人向我们讲述了一切。玛德莱娜离开的第二天清晨,警察六点就来了。妈妈说自己不怎么认识玛德莱娜,她只是她原来的一个同事,失业了,需要一点帮助。但他们什么都听不进去,认定她是同伙。我和伊夫一起找到了一位律师、德尔马夫人,我今早见了她,她安慰了我,说妈妈没有任何可被指控的实质罪名,很快就会被放出来。

1942年10月8日

路易丝舅妈要来和我们同住。来得正好,由于上周学校开学,家里实在太空太寂寞了。开学那天,在我们初二的班上,三个女孩缺席点名:卡特琳娜·斯坦,莉萨·雅各布和乔赛特·戈德斯坦。晚上回到家,我把书包扔到厨房桌子上,就开始不停地哭啊,哭啊,哭啊。家里一个人也没有,妈妈不在,西蒙娜和伊夫不知道去了什么地方。我好孤单!

1942年10月10日

路易丝舅妈的火车今天晚上到了。我们19点47分去里昂车站接她，站台上人潮涌动，好多人都扛着巨大的口袋，看得出来都是从乡下带来的特产。我甚至还听到一只母鸡在包里咯咯叫的声音。想到路易丝舅妈将和我们在一起，喜悦让我暂时忘了自己的痛苦。路易丝舅妈，她既是舅妈，同时也是一位真正的母亲，她拥有母亲所有的特质。今天晚上我们吃兔肉炖萝卜！过节啦！她的包里装满了从克雷西带来的好东西：猪肉、土豆、苹果、黄油，甚至还有核桃。不过路易丝舅妈说要把核桃留到妈妈出狱的那天。

1942年10月17日

有件事我一直没说，但其实已经知道一个月了：

乔赛特连同她一家被捕了。这所有的一切都太艰难,太痛苦,太沉重了,全部都是!但我记得妈妈曾经对我说过的一句话:"十年以后,战争结束,当我又看到自己的日记本时,我已经结婚了,你即将出世,想想看,我多么高兴可以重读这段属于自己的历史,即使它是那么痛苦。"因此,我要尽可能多地把事情记录在日记本中。一个多月以前,当我与伊夫、西蒙娜回到家的时候,我的枕头下放着一封妈妈写的信。"我亲爱的,警察来抓我了。不要担心,我没做任何错事,很快会被释放的。但我要告诉你另一个不幸的消息:乔赛特和她一家被捕了,被带去了德国的一个集中营。你要勇敢一点,坚强一点,西蒙娜也一样。要告诉保罗舅舅,在等事情解决的这段时间,让路易丝舅妈来我们家。爱你的妈妈。"

1942年10月20日

真幸运,有路易丝舅妈在!她对我和西蒙娜无微不至。她的存在让我们感到甜蜜和安定。她不停地对我们说："当你们的妈妈回来之后……"听起来好舒心啊。她对我们就像对自己的亲生女儿一样，不过我们也的确算是她的"女儿"：我是她外甥女，而西蒙娜是她儿子的未婚妻！

1942年10月21日　星期二

到处都是宣传"接防部队"的海报。他们说，每有一个法国人去参加接防，一名法国囚犯就可以回到法国。这就是所谓的"接防部队"。所有人都表示反对，伊夫和他的朋友们称此为"毒化"，可是我却不由自主在想，假如由于接防，爸爸可以回来，那也不错啊。我把这个秘密的想法写在日记本里，因为没人会赞同我，伊夫还会骂我是自私鬼。

1942年10月22日　星期四

昨天晚上我和伊夫激烈地争论了一番。我没忍住告诉了他我关于接防的想法。他大怒！他说德国人只是想得到免费的劳动力而已。宣传的报纸把在德国劳动描绘得像天堂一般：吃得好，干得少。完全就是度假！路易丝也加入其中批评我的天真。所谓的"接防部队"其实就是个骗局：囚犯根本回不来，而法国却损失了人力。乔治·莫马特也在场，但他没加入谈话。今晚我一个人躺在床上，眼泪控制不住地流。首先，这场谈话之后我感觉自己好笨。接着，我无比绝望，无论是对爸爸、妈妈、科莱特、乔赛特，还是我自己，都似乎没有任何希望。

1942年10月23日　星期五

幸运的是，阿琳娜·塞尔瓦成了我真正的朋友。我们常常谈论乔赛特，希望不久以后，马上，德国人就会把我们的朋友还回来。阿琳娜是弗朗索瓦的妹妹，他和伊夫、乔治一起参加抵抗运动，不过之前我从未想过要谈论他（即使在这本日记本中，尽管我确信没人能找得到它绝佳的藏身地点……）。我忘记记录一件与昨晚的争论有关的事了：乔治告诉我们他不会再佩戴黄星了。他跟我们说："无论戴与不戴，如果我被抓，都是死，还不如不要引起注意。难道不对吗，老伙计？"然后他拍了一下伊夫的背。我看着他们放声大笑，心里却一下子抽紧了。

1942年10月24日

伊夫从律师家回来。玛德莱娜也被捕了。律师告诉伊夫，政治犯的探视许可证是由预审法官发放的，发放数量极为有限，要探望妈妈非常困难。我一下子泄气了。我说："妈妈什么都没做，她可不是'政治犯'！""没错，可是她收留了玛德莱娜……"伊夫回答道。这似乎很严重。我没睡着，一直在床上哭。这阵子真不好过，没办法打起精神！今天上午，西蒙娜说我脸色很差,这还用得着说吗?

1942年11月4日

我在面包店前面排队的时候听到了一些闲言碎语:"您相信吗,这所谓的'接防部队'?""当然不信了!不论如何,虽然我儿子是工人,但就是给他金山银山他也不去!""他想得没错,这等于是在毒化。""要小心啊,德国鬼子骗我们!"说到底,所有人想法都一样。

1942年11月5日 星期日

后天是伊夫18岁生日。今天晚上,他对西蒙娜和我说,他绝不会去德国。那他要干什么呢?谜团。他不会告诉我们这个的。

1942年11月7日　星期六

今天是伊夫的生日。路易丝找了一点面粉和白糖，我们吃了她做的蛋糕，但大家都心不在焉。伊夫说，如果去德国的工作是强制性的，那他就要和其他一切逃兵役的人躲到乡下去。原来这就是谜底！不过反正他在外面的时间总是比在家多。但我还是希望他能等妈妈出狱以后再走！

1942年11月9日

清晨六点。伊夫使劲地摇醒还在床上的我："快来！赶快起床！"他怎么回事啊，这个伊夫？我生气地回应："你看看时间好吗！"他坚持道："快醒醒啊，老天！广播里有一个大好消息！"一听到这个，我立刻从床上跳起来，冲进有收音机的厨房。路易丝舅妈着急地转着旋钮："见鬼，这下可好，他们搞坏了信号，我们什么都听不见了！"接着，她宣布道：

"盟军昨天在北非登陆了！"终于来了个大快人心的消息！北非，是法国的属地。这个好消息来得正是时候，鼓舞了这段时间以来我们低落的士气。早上，我迈着轻快的步伐去上学了。

1942年11月13日　星期五

这下可好，全法国都被占领了。前天，希特勒越过了停战分界线。是为了报复盟军登陆北非。如今德国鬼子的军队遍布法国，甚至到了原本太平的南部。

1942年11月18日

一个不可思议的消息：爸爸逃出来了，他到法国了！令人难以置信的偶遇。伊夫"出差"（秘密行动，他从来不告诉我们他去哪里）的时候来到了香槟区特鲁瓦市的商务饭店。由于一些房间被德国人收去了，饭店老板便让伊夫和另一个男人同住一个房间，对方是个逃兵。"逃兵"进了屋，胡子拉茬，疲惫不堪……

他居然是我爸爸！他们的话多得讲不完！高兴之余，我又很难过，因为爸爸必须四处躲藏。他让伊夫捎话给我。他正在想办法回家乡，即阿列日省的一个村庄，找一个能去西班牙的偷渡者，等到了西班牙他再给我写信。"信的内容会很平淡，我的心肝宝贝，不能写太亲密的话，因为传话人不再是伊夫，信是公开的。但我会告诉你我想你，也想妈妈。"可怜的爸爸，他也是一样，悲喜交加。喜的是有了我的消息，悲的是得知妈妈的遭遇。"不过你别太担心了，我的伊莲娜，我确信他们很快会放她出来，我知道我们三个一定会在战争结束时团聚，我每天晚上都能梦到那个时刻。"我也一样，每天都在期待。

1942年11月19日

犹豫再三，我最终还是开了口："既然爸爸已经出来了，我们是不是可以把之前为他准备的圣诞礼包吃掉了？"路易丝舅妈大笑起来："你别不好意思，这都是好事。你爸爸重获自由，我们得到几顿美餐!"的确如此,我已经受够了漂在汤里的那几根大头菜。馅饼万岁!火腿万岁!今晚过节喽!

1942年11月21日　星期六

乔赛特来信了。早上伊夫一脸痛苦地走进我的房间。他把信递给我,说:"我不知道上面写了什么,但求求你,不要告诉西蒙娜。"我认出了乔赛特娟秀的字体,从前在假期里我们经常通信!我的心怦怦直跳。我求伊夫不要走开。我希望和他一起读这封信。

1942年11月22日　星期日

我哭了一整晚。我把乔赛特的原话抄下来:"我亲爱的伊莲娜,我希望你能收到这封信,我找到了一个可靠的人,他会帮我把信寄给你。我现在在德朗西的集中营,和妈妈,还有双胞胎兄弟在一起。这里太恐怖了,你根本无法想象!我们从去年7月底就一直在这里。一个房间里有40个人,床和被子都不够。妈妈和我睡在地上，克洛迪病了十天了，他得了腹泻。我瘦了太多，你现在肯定认不出我了。不知道将来会怎样。他们时不时会发配一些人去德国。每个人都怕自己会成为下一批，因为听说那里比这里还要差。伊莲娜，我只能写信给你一个人了！我好痛苦！我们会怎么样呢？有些时候，我觉得自己再也走不出这个地狱了，再也回不了我的家了。我到底做什么了，要被如此对待？为什么我们犹太人要被关在这里，和罪犯一样？我不明白，伊莲娜，你能明白吗？

我们的命运会怎样？不知道前面有什么，这是最恐怖的事情。你无法想象这里到处散播的传言！我不想讲给你听，太痛苦了，光写都觉得可怕。不过，一想到你——我长久以来的朋友，将会收到这封信，我已经深感欣慰。你还记得吗，我们一起上小学，一起在街道上玩造房子的游戏，你总是星期四来我家，因为你喜欢奶酪蛋糕，这些你都记得吗？我常常闭上眼睛，告诉自己这是一场噩梦，我总会醒过来，发现你们都在我身旁，你、你妈妈、伊夫、西蒙娜。可是当我睁开眼，我清醒过来，发现的却是可怕的现实。我好冷，好饿，好害怕，害怕明天到来。假如我回不来了，请你们不要将我遗忘，尤其是你。因为我深深地爱着你们！我用心拥抱你，伊莲娜，我拥抱你们所有人，不要忘了我！乔赛特。"

我扑到伊夫怀里大哭。我们不会让西蒙娜看到这封信。

1942年11月23日　星期一

我把信拿给阿琳娜看，我需要和她一起分担悲伤。我们在院子的角落里谈了很久，还回忆起另外两个犹太女孩，虽然我们不是朋友，但这无关紧要，她们住在我们心里，就和被关在遥远可怕的集中营里的乔赛特一样。

1942年11月27日　星期五

法院的传唤通知今天晚上到了。12月19日,预审法官可能会允许我探望妈妈!

1942年12月8日

昨天晚上,我们去拜访了妈妈在红十字会工作的朋友吉隆先生。他告诉我们一个悲痛的消息:科莱特和安德烈被带往德国的一个劳作营了。但愿他们得到好点的待遇,但愿劳动不要太艰苦!科莱特从没干过活,安德烈只是个脆弱的小孩子。尤其希望住宿条件不要太差!西蒙娜问了吉隆先生好多问题,但可惜他都回答不上来。

1942年12月9日

我在心里想,乔赛特有没有被带去德国,可是我什么都不知道,毫无线索。这一切太恐怖了。

1942年12月10日

西蒙娜失去了原本的快乐。看到她这样,真令人难过。我的心像刀割一样,总想告诉她:"不要担心,一切都会好起来的,他们每个人都会回来的!"可是我总也说不出口。因为我根本不确定这是真是假,而且,我也在为妈妈伤心。只有伊夫能让西蒙娜脸上偶尔绽放笑容,每当这些时刻来临,我都感到好高兴。但伊夫不常在家,他离家越来越频繁,却不说他去哪里。我从阿琳娜那里知道他每周会去跟查理曼大帝中学的男孩们见几次面,因为她哥哥也是其中一员。

※

1942年12月14日　星期一

阿琳娜带了两根香蕉给我,是她妈妈从黑市上买的。我俩靠在走廊尽头的暖气片上,虽然几乎没有热气,但好处是我们可以躲在这里吃香蕉,更准确地说,我们在吞香蕉,像两头饿疯了的野兽!这里离窗户很远,光线昏暗,而且周围没有教室,我们便很清静,可以谈论乔赛特和其他女孩。我们今天才意识到已经至少两周没谈论过乔赛特了。阿琳娜说经常念叨她可以传递给她生存下去的力量,并将她完整地保存在我们的记忆中,这会有助于她平安回来。看起来她对自己的话确信无疑。尽管我不认为太有说服力,但这么说让我们心里舒服一点。

1942年12月16日

　　严寒，再加上饥饿。所有商店都空了，连那家我们不怎么爱去的查诺那大街的反犹太人杂货店都不例外：没有脱水蔬菜，没有米，没有馅饼，没有面粉。听说有人开始吃猫了！我呸！今晚的晚饭是蒜泥汤浸硬面包块。我留了很小的一块面包给明天的汤。伊夫说这几天要去克雷西找粮食，但不知道具体是哪一天，因为他似乎很忙。饥饿如影随形，我的胃从早到晚都在翻搅。好了，不能再抱怨了。

1942年12月19日

　　我和路易丝坐在法院的长椅上，等预审法官已经等了五个小时了！终于，我如愿了！我拿到了一张明天的探视许可证。明天，我就要见到妈妈了！已经有四个月了……我担心自己太激动，担心我们没有足够的时间交谈！总共有一刻钟的见面时间，之后她又要回到牢房里去了。多么可怕的字眼！今天晚上我的表现十分神经质，一会儿颤抖，一会儿哭，一会儿又紧张得要命。我知道，在这个夜晚，我要一分一秒地数到天亮了！

1942年12月20日

我见到妈妈了。瘦弱，苍白，但不变的是她的笑容，和她那由于瘦削的脸而显得更大的蓝眼睛，以及她眼神中散发的温暖光芒。妈妈！由于那道铁栏杆，我们无法拥抱，但整个过程中她握着我的手，我也紧紧地抓着她的手，努力不让自己流泪。进来时的气氛异常阴森，周围是一圈身穿黑衣的教士，阴冷的脸就像这恐怖的监狱大门。他们对我进行了搜身，所有的一切都需要被确认，被允许，被证明，所有的一切！然后我就进入一间被一道铁栅栏一隔为二的大屋子，"囚犯"们顺着栏杆站成一排。房间里的喧哗声吵得耳朵疼，所以必须要大声喊话才能让对方听见。但重要的是我见到了妈妈，还抚摸了她，亲吻了她！她想知道所有的一切，我们是怎么生活的，西蒙娜怎么样，伊夫有没有扮演好"一家之长"的角色。她坚持不要我用自己的粮票给她带吃的（我们只可以带面包、巧克力和糖给犯人，而且这些都需要粮票）。她安慰我说她很好，她的情况并不严重，没有真正对她不利的证据。就这些，就这么完了，这么短暂！但我毕竟见到了妈妈。下个月还会再见她，路易丝说也许那时她已被释放了。我多么希望她能在圣诞之前出来！

1942年12月21日

我没告诉妈妈，爸爸已经逃出来了，因为那个负责看守我们的可怕女人一直站在我身后监听。

1942年12月24日

平安夜。路易丝贡献了几个从克雷西带来的为重要日子准备的核桃，再加橡栗粉和水，我们吃到了一个真正的圣诞蛋糕。但我知道，所谓的重要日子，是指妈妈出狱那天。她和我们都以为这天会很早到来。可今天已是圣诞夜，我们吃着核桃蛋糕，四个人都有点悲伤。但大家都没说出口，不想把气氛搞得太沉重。关于妈妈，我的感觉非常复杂：见到她我既高兴，又难过，原来她和我之间真的有数道铁栏杆在阻隔！在那之前，我还一直想象她是自由的，拥有笑容和健康。如今我见过了监狱，才认清了它的残酷。

1943年1月1日

新年第一天就有好消息：听说盟军要登陆了。这次可能在普罗旺斯！多希望这是真的！我的新年愿望是：妈妈月底前得到释放。还有一个愿望：很快得到爸爸的消息。再加一个：我爱的人们不再受苦。最后一个：变得更加勇敢，更加坚强！啊欧！也许愿望太多就不灵了……不管了，就这么多！

※

1943年1月15日　星期五

刚才，我没吱声就走进了西蒙娜的卧室，说是卧室，其实就是餐厅一角的沙发，西蒙娜在上面装了个帘子。平时我都会问一声"西蒙娜，我能进来吗"，然后再掀起帘子。可是这回，我什么都没说就走了进去，因为我太难过了，想让西蒙娜安慰一下。一掀开帘子，我看到西蒙娜睡在沙发上，身体随着无声的啜泣而抖动。她听到了我的动静，迅速地站起来，擦干眼泪，嘟哝着："你怎么不问一声……"接着，我也泪如雨下，两个人抱在一起痛哭起来。

1943年1月21日　星期四

关于我又一次的探视申请，至今还没任何消息。已经有一个月了！路易丝明天要去律师家，打探一下究竟发生了什么事。为什么她什么都没做却要被关在监狱里？这一切太痛苦了，晚上我趴在床上哭，虽然知道这一点儿用也没有，而且这个时候，全家该团结一致才对。但有时候，西蒙娜和我不免会情绪崩溃。那天我们互相约定，以后尽量不在同时崩溃，可以留一个人安慰哭的人。

1943年1月23日　星期六

路易丝见到了德尔马律师，有好消息也有坏消息。坏消息是：玛德莱娜被判刑，并被带去德国一个名叫拉文斯布吕克的集中营，好像是这个名字。好消息是：妈妈没有被判刑，但她以所谓的同谋关系被拘留。可能很快就会被释放，但无法得知确切日期，在此期间，没有人能发给我们探视许可证。玛德莱娜的事情太不幸了，但妈妈快出狱了，我总算舒了一口气！看到了吧，我亲爱的日记本，我真是太自私了。

1943年1月26日　星期二

雪下了三天了。由于每幢楼都有义务清扫各自门前的积雪，我们和邻居轮流值日。前天是四号楼，昨天是五号楼，今天早上轮到我们。伊夫挑起大梁。可怜的家伙，他回来的时候手冻得通红，都僵了。"假如雪再这么下，下一次就轮到你去了……"我希望雪赶快停！

1943年2月3日　星期三

胜利！对敌军的第一次胜利：斯大林格勒，我永远也忘不了你的名字！在强行围攻五个月之后，德国鬼子终于在俄国人面前投降了。今天晚上的广播什么都听不到。所有的信号都被彻底地干扰了！但这根本不重要，因为我们已经知道了！另一场胜利：雪停了，我不用再去扫楼前的人行道了！伊夫气得要命："你放心吧,冬天还没结束,总有机会轮到你做苦役的!"

1943年2月10日　星期三

伊夫给我们带来了土豆!我向他询问保罗舅舅的近况。他带着些许不满的神情回答道:"这些土豆不是克雷西的。""那是从哪儿来的?你不会是从黑市上买的吧?"他生气了:"当然不是了!而且这不关你的事!"我就打听到这些!最让我不爽的是,西蒙娜居然一副知道原委的样子!这么说伊夫还有一伙不想介绍给我的同伴!

1943年2月12日　星期五

饥寒交迫,又下了一周的雪。最讨厌的是刚刚收到了一条最新的"决议",从现在开始我们还要各自打扫街道上的那部分!德国当权者将对不打扫所属街道的居民给予惩罚措施!明天轮到我去打扫!伊夫得意极了,西蒙娜说她会帮我的。

1943年2月13日　星期六

我的手指都冻僵了，几乎不能写字。这项苦役真是太残忍了。除了扫雪之外，雪下面还有一层厚厚的冰，得用扫帚柄敲碎。伊夫同情我们，便来帮忙。但这是因为有西蒙娜在，假如只有我自己，他才不会管我死活呢，肯定是的！

※

1943年2月19日

刚才走出校门的时候，我看到伊夫在街上发传单。他们一伙人迅速地把传单散发给行人，然后跑开，消失在人群中。我捡起一张传单，悄悄地塞进我的书包。我认出了阿琳娜的哥哥弗朗索瓦·塞尔瓦，以及查理曼大帝中学那一帮人，乔治·莫马特、费尔南·吕桑、比涅亚克，还有几位从前我没见过的人。晚上11点的时候，我把下午在排水沟里捡到的传单打开。上面写着："不要去S.T.O.！敌人欺骗了你们！加入到抵抗运动中来吧！"S.T.O.是什么呢？我走出卧室去问路易丝，她向我吼道："你还不睡！你疯了吗？不能在街上捡传单！这和发传单一样危险！"我不得不向她吐露实情："可是，路易斯舅妈，这是伊夫和他的朋友们发的传单……"她的脸色有点发白，但坚持道："伊夫比你大，他已经是个男人了。只要你妈妈还没回来，我就得为你负责……唉，好吧……S.T.O.是一项德国人蓄谋已久的计划：强迫法国人去德国劳动。行了，赶快去睡觉！"她把传单拿过去，放在火炉里烧了，很快又从厨房里走了出来。此时已是午夜12点，伊夫还没回来。

1943年2月20日

好了，我终于明白了：S.T.O.是存在的。它的全称是义务劳动服务,是指所有18岁以上的男孩都必须去德国劳动。

1943年2月21日

我又学到了一个新词:游击队。人们用这个词来称呼那些隐藏在乡间,尤其是山地或者森林地区躲避义务劳动服务的男孩群体。但好像在巴黎周围和法兰西岛上也有游击队。

1943年2月22日 星期一

妈妈回来了!她被释放了!她又回到我们身旁了!中午,我从学校回来吃午饭,在经过门房时,我注意到塞纳提夫人在用闪闪发亮的眼睛看着我。她几乎向我喊道:"快上楼回家!"我立刻猜到了!我大跨步地上楼,一眼就看见妈妈坐在客厅的扶手椅上。她脸色很疲倦,但仍在微笑。路易丝和西蒙娜围着她,她手里端着一杯菊苣咖啡,看起来很高兴,我也很高兴,一下子扑到她怀里,我们紧紧地抱在一起,好长时间一动也不动。后来伊夫来了,大家一起像傻子一样互相拥抱,一起笑一起哭,每个人都有点不正常!

1943年2月27日

蒙特勒伊大街面包师的儿子帕斯卡尔·奥贝尔明天要出发去参加义务劳动服务了。奥贝尔一家每个人都确信他回得来,认为这是爱国之举。他的母亲为此极为自豪,向所有的顾客都讲了这件事。

1943年3月4日　星期四

路易丝回克雷西了。妈妈恢复得不错,脸色红润了一点。但她还是很累,没有了欢乐的路易丝,房子里显得很空。这让我有点难过,当然我什么都没跟妈妈说。

1943年3月10日　星期三

今天家里接待了一个出人意料的奇怪拜访。阿琳娜的父母来看妈妈了，但之前我们互相并不认识。他们说是来探望妈妈。但事实上，他们正在为儿子弗朗索瓦担心得要命，尤其是他那上了年纪的爸爸（正因如此他才没有被征兵）。他们问妈妈，她是否认为"参加抵抗运动是理智的行为"。也许因为妈妈是教师，他们以为妈妈无所不知！妈妈听着，沉默了好长时间，最后微笑着说："参加运动是件好事，是很勇敢的举动……假如年轻人不做，谁来做呢？"弗朗索瓦的父母点点头，喃喃道："是，是，那当然……"接着，妈妈用一种疲倦的语气说道："但是既然你们问到了'理智'，这就因人而异了。对我而言，我认为这是当前最理智的态度。但这并不代表它没有风险。"阿琳娜的父母热情地感谢了妈妈，然后离开了。我很想知道他们为什么要感谢她！另外，不晓得他们是否知道伊夫也……

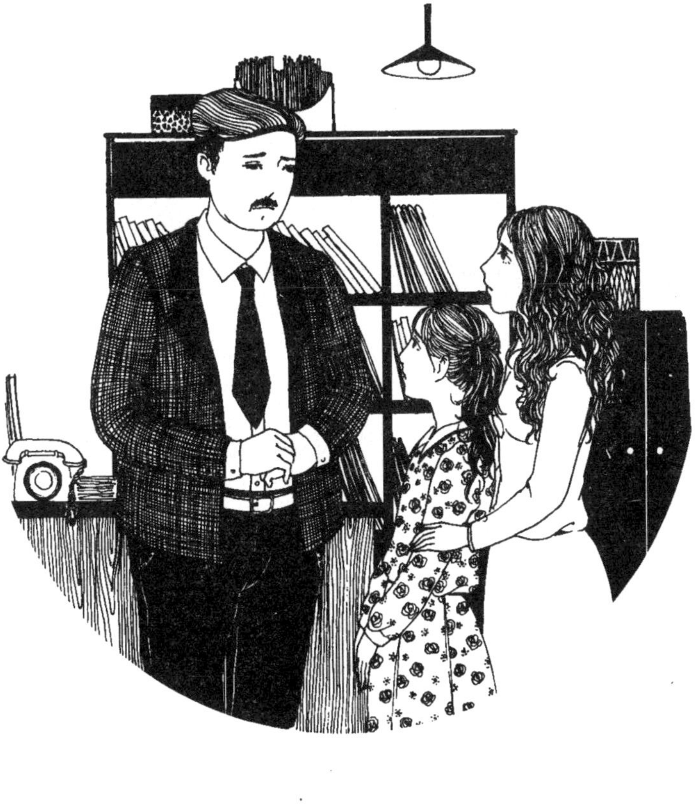

1943年3月23日

伊夫宣布说,他明天要离开至少十天。他说要回去看望父母,他好久没看见他父亲了,得去帮着弄一下葡萄。但我根本不信他这一套。通常他回去克雷西收庄稼,只去一两天。我可从没听说他会想念干农活!妈妈和西蒙娜都没多说什么,但我问了他一些问题,他没回答我,态度很不客气。

1943年3月29日　星期一

昨天晚上妈妈在餐桌上讲述了她所经历的审讯,她认为是这次审讯救了她的命。被捕之后,她被带到了一位德国军官面前,这人讲着一口标准的法语。"不同于其他人,他礼貌且专注。突然,他问我:'夫人,您信什么教?'我回答道:'新教……'我不知道为什么要这么回答,我根本不是新教徒……只是突然一闪念,因为德国人信奉新教……他又说:'我也是,我们的宗教禁止说谎。可是从我问话之初,您就不停地对我说谎。'我回答道:'先生,当真话会给他人带来危险时,说谎变成了一项义务。我的朋友有生命危险。我什么都没做,所以我什么风险都不用承担,但我不会说对她不利的话。'我说完,心想:'这下完了,死定了。不管了,我说了我该说的。'但令我惊讶的是,他站起来大声道:'夫人,您是个好法国人,您愿意与我握个手吗?'于是我握了他的手。那一瞬间,我和我的敌人之间产生了一些奇妙的东西,我至今难以忘怀。他答应,要全力帮我重获自由。"

1943年4月3日　星期六

伊夫还没回来,我们没有任何消息。但妈妈和西蒙娜看起来并不担心。我不懂为什么。

直到晚上我才知道,伊夫加入了一个游击队!是西蒙娜告诉我的,她说:"伊莲娜,看得出来你为了伊夫坐立不安,那我来把一切解释给你听,你要发誓保守秘密。"我发了誓。无论如何,我是不会告诉我们班上那些傻瓜的!我猜得没错,伊夫为抵抗运动组织执行任务去了,但最让我松了一口气的是,家人们终于不再把我当成弱智儿童来对待了!刚开始讲述的时候,西蒙娜故意表现得像个大姐姐,但最后她哭成个泪人。"伊夫做了他的选择,我尊重他,可是现在一切都不同了,而且我很伤心,因为不知道何时才能再见到他。"她哭啊哭啊,我可怜的西蒙娜,她的泪水像开了闸一样再也关不上!

1943年4月11日 星期日

对犹太人的逮捕活动依然猖獗。西蒙娜几乎不出门了。妈妈努力劝她去克雷西。"你呆在这里太危险了。我已经被盯上了,这个房子也被监视了。再加上被逮捕的玛德莱娜和参加游击队的伊夫。有可能警察明天就来了!太危险了,西蒙娜,你要理智一点。"

1943年4月12日　星期一

我找到了一番好的说辞。我对西蒙娜说:"我不知道伊夫的游击队藏在哪儿,因为你不想告诉我,但我能肯定的是,他去克雷西找你比来巴黎要容易得多。"其实只是随口一说,但没想到说准了。西蒙娜的眼睛亮了。她对我说:"你说得对。没错,那样他会更安全。嗯……对大家都安全。"她明天就上路。我的结论是:伊夫肯定藏在法国中部偏东的某个地方。我是不是有当个好侦探的潜质呢?

1943年5月15日　星期六

第二本日记马上要写完了!只剩一本了,依然是黑色的,希望这场可怕的战争能在我写完第三本之前结束。首要原因是：商店里已经完全没有纸卖了。另外，我很想之后能换其他颜色的日记本！祝我好运吧，希望德国鬼子走后，市面上会有彩色的纸张出现！

1943年6月2日　星期三

今天是我14岁的生日。我收到了一封来自西蒙娜笔调欢快的信。"生日快乐，亲爱的，我想你，我和全家一起紧紧拥抱你。"她强调了"全家"，我明白了：这是"包括伊夫"，她用这种方式来告诉我伊夫的消息！太棒了！伊夫过得不错，因为他甚至有办法与女朋友见面。这令我心花怒放，我想要活蹦乱跳！

1943年6月3日

今天早上，在信箱里发现了一封很短的信。上面写着："最漂亮的表妹，祝你生日快乐。"署名是"F与G"。这一点也不难猜，是弗朗索瓦和乔治，我表哥伊夫的朋友们。他们居然用这样感人的方式来表达对我的关心。由于伊夫的离开,我们再也没有见面。另外,他们一定也得找个地方藏身。不管怎样,我被深深地感动了。

1943年6月8日

我收到了爸爸的来信!是从热尔省寄来的。他没写多少字,只说他挺好,让我们不要为他操心,要给他写信就寄到"莱克图尔,留局自取"。我在地图上查,热尔省离阿列日省不远,但妈妈不明白他为什么要冒着因逃逸被逮捕的风险呆在法国。她认为,去西班牙甚至去北非都会更安全。

1943年7月6日　星期二

我觉察到妈妈在为爸爸担忧。我问她,她只是说了句:"我怕他处境危险。"我问为什么,他说了他会去西班牙的。她摇了摇头。"我才不信他会去西班牙，我想他肯定在什么地方参加抵抗运动呢……就跟伊夫一样……但不同的是，你父亲经过了三年监禁，身体肯定已经不行了。"她叹了口气："说到底，我什么都不知道……希望在离开巴黎之前能得到他的消息。"这同样也是我的心愿……这下可好，我也开始担心难过了。尽管现在已是假期。

1943年7月12日　星期一

假期万岁！明天我就去克雷西了。好开心又能见到西蒙娜了！难过的是妈妈不和我一起走。她在等爸爸的信，之后再来找我。

1943年8月3日　星期二

昨天夜里，有人袭击了市政府。粮食供应卡被

"偷"了。所有人都知道是"游击队"干的。但没人敢开口，因为德国人对于帮助抵抗运动组织的人深恶痛绝。妈妈坐了昨天晚上8点的车来的。还是没有爸爸的消息。好长一段时间以来，我们不得不习惯与亲爱的人失去联络，但这是不可能的：我们永远也习惯不了！

1943年8月14日　星期六

今天凌晨3点的时候，我被楼下的动静吵醒。我下楼去，看到了厨房里的西蒙娜和伊夫！我刚要进去，又怕打扰到他们，便准备退出来。但伊夫冲我喊道："你好，伊莲娜！"他的语调十分兴奋，于是我走了进去。他变了好多！满脸胡子，神情坚定、自信。夜里有点凉，我们热了点牛奶。伊夫跟我们讲了他的游击队。我向他发过誓不透露半点信息，所以连日记本也不能例外，万一它落入敌人之手就糟了。我只说一些大家都知道的事：抵抗战士们不用真名，他们像一张网一样播撒在全法国，组织一些针对德国鬼子的破坏行动。

1943年8月25日　星期三

我和西蒙娜一起采摘了三篮桑葚，作为路易丝制作果酱的原料。我们走在一条低凹的道路上，野草疯长，麦穗在阳光下舞动。天气晴朗炎热，蜜蜂围着我们嗡嗡叫，我俩有一句没一句地搭着话，仿佛回到了和平时期，忘却了彼此心底的伤痛和巨大的恐惧。生命真是神奇啊，我们居然可以有这种感觉。这一刻太美好了，让我们忘记了现在是战争时期，可怕的事情还在发生……路易丝做了堆成小山一样高的果酱。虽然是用糖精做的果酱，但我们已经习惯了，我早已忘了真正的糖是什么滋味。我们把果酱抹在吐司片上，太美味了。今天晚上，25个罐子排列在厨房桌子上，真是壮观。这些都是给我们带回巴黎的。

1943年9月3日

"今天，是法国人民为争取自由而战的第1067

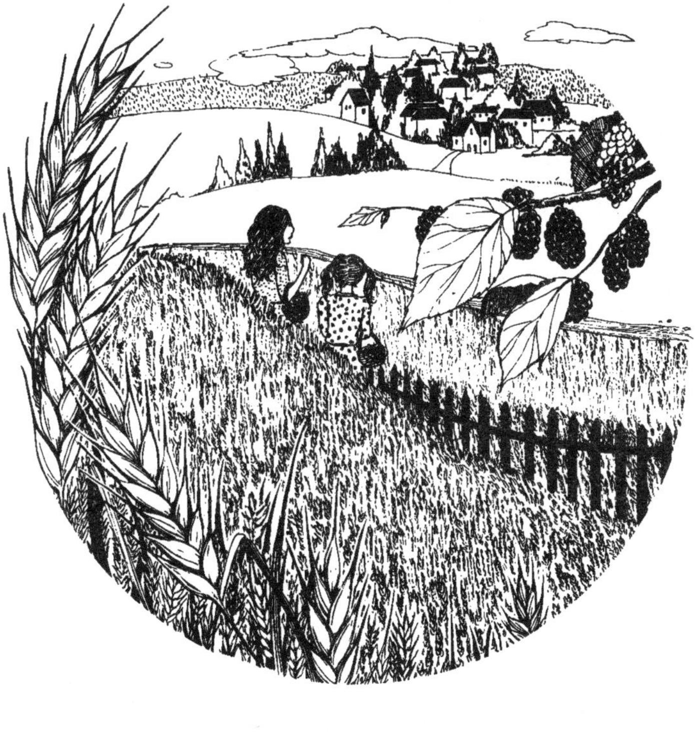

天。"伦敦法国广播电台上说。

1943年9月4日

抵抗运动组织抗击德国鬼子的行动捷报频传,德国鬼子们就像被捅了老窝的马蜂一样:越来越愤怒,越来越危险。

1943年9月5日

报纸上宣布:五名犹太人昨天在第戎被处决,作为对游击队一项行动的报复!真是卑鄙无耻,令人深恶痛绝!这些恶棍,借口一名德国士兵被杀,便射杀了一名年轻男子,两名妇女和两名儿童!他们是"人质"!五条无辜的生命!即便是杀戮,他们也不忘精挑细选:没错,他们挑选的就是犹太人!也就是说,身为犹太人就是天生有罪吗？最让我毛骨悚然的是，事情就发生在第戎，离我们不远！这意味着，即使在这里，克雷西，西蒙娜仍然无法安身。妈妈告诉我她很安全，叫我保持冷静，还说犹太人在乡下比在城市里暴露的机会少得多。

1943年9月9日

我们通过伦敦法国广播电台收听到一则好消息：意大利投降了！意大利和盟军的停战协定已于9月3日签订。意大利人必须停止进攻盟军，并与德国鬼子为敌。盟军迅速在那不勒斯登陆。热那亚、罗马和米兰仍在德国人占领之下，他们想控制意大利的北部，并且组建一个法西斯政府。这一切变化太快了！

1943年9月13日

戴高乐发表了激情四射的演讲。昨天很晚的时候，我在电台里听到了他的声音。当时我差不多已经睡着了,妈妈过来把我叫醒,这位将军的声音果然不同凡响。我们感受到了一种必胜的和团结的意志,一种坚定的决心,除了信任他,别无选择。另外,我是多么珍爱这些深夜与妈妈单独相处的时刻啊!仿佛这世上只剩下我们两个人,我太爱了!伦敦宣布说,当巴黎解放后,以前官员中的附敌分子将被逮捕!"解放",多么甜蜜的字眼!而且今天晚上广播的信号真是好!我好高兴能和妈妈一起收听戴高乐的演讲,几天之后她又要回巴黎了。声称在我回去之前"收拾房子",但我相信她是急着回去查收爸爸的信。上一封信是6月8日写的,妈妈非常担心,只是没说而已。

1943年9月16日　星期四

路易丝和我陪着妈妈去了火车站。公共汽车上人挤人,直到第戎还是塞得满满的。火车晚点三个小时,我们和妈妈一直站在月台上等。妈妈一直催我们离开。终于,火车到了。月台上纷纷传言:晚点是由于游击队在索恩河畔沙隆火车站的一起行动所致。到处都是士兵,没人敢做评论,但我清楚地看到大家脸上的笑意。妈妈抱住我轻轻地说:"能听到这个,等了这么久也值了……"

1943年9月18日

我们在厨房里听着新闻:美国人在南特投下炸弹,造成500人死亡,炸弹铺天盖地——这有点夸张了——他们在8000米上空瞄准,致数百法国人遇难!

❋

1943年9月22日

丘吉尔通过伦敦法国广播电台兴高采烈地发表了

讲话：美军即将在英国登陆。现在已经有了一道意大利防线，很快又会有荷兰防线和法国防线。法国会再次成为一支强大的力量，将在决战中派出40万兵力。到处都是抵抗运动组织，无论在法国还是在意大利！晚安！

1943年9月24日　星期五

我们在大紫李子树下面累得腰都直不起了。昨天我和路易丝舅妈摘了整整八篮子！可是，如今连糖精都没有了，今年是做不成果酱了。我们贪婪地吃着生李子，几乎消化不良了。不管了，直到重回我那亲爱却恐怖的巴黎之前，我要补充好足够的维他命。下个星期二出发，时间飞快。一想到离开西蒙娜，我就说不出的伤感。

1943年9月29日 星期三

昨天我回到了巴黎。又热又脏。唉！但是有一个好消息：一封爸爸的来信，8月底寄到的。信很短，只说了他身体很好，在巴斯克海岸他亲戚家"休息得很好"。我对妈妈说："爸爸在巴斯克海岸没有亲戚啊！""没错，我也这么想。他在西南部的某地参与运动，很可能就是游击队。"妈妈叹了口气，但她同时又笑着摇了摇头，仿佛为了表示："我很了解你的父亲，虽然他没让我少操心，但正因如此我才爱他。"一切尽在不言中。我用力抱住妈妈。

※

1943年9月30日 星期四

离开了西蒙娜和大家，还是有点难过，不过我们许诺会保持通信。我最想坚守的诺言是努力打听到科莱特和安德烈的消息。哦对了,前天在火车上发生了有趣的一幕:粮食分配检查员出现在车厢中,向一位女士问道:"您有什么要申报的吗?"女士回答道:"没有。"他又指着旁边问:"那这是什么?"她答道:"这是梅道尔。"检查员摇了摇梅道尔。谁知梅道尔是个长毛绒玩具,它肚子里藏了两公斤黄油,一瓶红酒和一条厚厚的面包。这位女士被带走了。

1943年10月1日 星期五

妈妈说如今的风气比假期之前更差了:所有人都在相互提防。德国人收买告密者。有人告发自己的邻居、看门人、杂货店老板。仅仅就为了一点钱。多么残酷啊!

1943年10月2日　星期六

就像从前每次开学一样,我又开始感到极度的饥饿。商店比放假之前还要空。从战争开始到现在,分配份额减少了一半。每人每月只有:150克黄油,275克面包和400克肉。为了领取这点可怜至极的食品,还要排上几小时的队,很多时候,即使排到了也什么都没了!

我们一点点地吃着路易丝舅妈装在我包里的食物,不舍得吃完,但除了一些腌货,其他都不宜存放。

另外,没有了西蒙娜和伊夫的家显得十分奇怪。我已经不记得只有妈妈和我的房子是什么感觉。不得不说,有点空,有点伤感。另外,黑市成了大热门!几乎所有人都多多少少参与其中,但也有一些人趁着物资匮乏奇货可居,漫天要价。如今,一公斤黄油的价格飙升到了400法郎,而正常价格应该是45法郎,只有富人才消费得起!

1943年10月3日　星期日

明天就开学了。不知为什么我很怕开学。也许是因为去年的关系。我在想谁还能回来。我希望见到阿琳娜，可是如今的事谁也说不准。再加上阿琳娜还有一个参加抵抗运动的哥哥。我的上帝，如果您还在，请让阿琳娜明天出现在班级里吧。

1943年10月4日　星期一

今天学校开学。初三A班，21号教室。我看到了几位朋友，阿琳娜就在我班上。我们互相打听：

"你有乔赛特的消息吗?"不出意外,没有。我们的手紧紧握在一起,因为关于德国犹太人的命运有很多可怕的传言。当然,我不相信。但这些事情阿琳娜也听说了,所以我们握紧彼此的手,互相打气,鼓励对方这些都是谣言,只是一场噩梦。

※

1943年10月5日　星期二

一个巨大的惊喜——又看到了我们的法文老师:布尔乔亚先生。我呸!这个肮脏的反犹太臭虫,他又回到了我的生活中!所幸的是,我们感到世道正在变化。我和阿琳娜都发现他不再像两年前那么神气了,但也有可能他会变得更坏!

1943年10月8日　星期五

现在,每天两次警报。有时更多:昨天和星期二，我数了下，有三次。我们躲在地窖里，警报解除之后再出来。过几个小时，再来一次。幸运的是，我们的地窖相当舒适！有个旧的长沙发，还有铺盖可以过夜。不过我还是希望别在那儿睡，整座大厦的人待一块儿，有点儿挤！

1943年10月10日

收音机里报，昨天，盟军轰炸了斯特拉斯堡。我们想到，在这场轰炸中，将有许多无辜的人死去。好吧。我告诉自己三年前阿尔萨斯人又成了德国人，轰炸斯特拉斯堡总比轰炸南特合理！其实，我也不知道我的想法对不对……不管怎么说，轰炸是世界上最可怕的事！

1943年10月14日

妈妈也发现，查诺那大街杂货店的老板娘对我们不怀好意。看来，不是我的错觉。这个阴险狡诈的女人是个法国的叛徒。对此，她一点儿也不隐藏。上次搜捕犹太人时，有人看到她站在警察旁边。阿琳娜干脆怀疑就是她告发的。

※

1943年10月19日　星期二

查理曼大帝中学的四个学生：弗朗索瓦·塞尔瓦、吕桑、比涅亚克和于耶昨天被抓走了！差不多所有组织都被发现了。不知道是如何暴露的。只有两个男孩逃脱了。我不在这儿写他们的名字，我认识他们，其中一个还很熟悉。他是伊夫的朋友。我不知道他们藏在哪儿。可怜的阿琳娜彻底崩溃了，我也是。德国鬼子对抵抗战士毫不手软。妈妈和我跑去塞尔瓦家，在那儿呆了很长时间。妈妈说，她被抓过，后来还是放出来了，所以不要失去希望。阿琳娜的父母一言不发。所有人都在想：妈妈没做什么，只是藏了个抵抗分子。弗朗索瓦却切切实实参加了刚被捣毁的抵抗组织。这严重多了。我们拥抱着告别，妈妈说："阿琳娜在家，需要的话，阿琳娜……"妈妈的话干巴巴的。阿琳娜脸上流下一道无力的泪水，泣不成声地说："我会再来……"我也好想哭。

1943年10月25日　星期一

晚上8点。今天早上，查理曼大帝中学的学生和其他20个犯人一起被枪决了。反抗，仇恨。我哭得停不下来。

午夜。我想起了弗朗索瓦和他那张坚毅的脸。这一切，我想不明白。主啊，帮帮我！我要放声大叫。我想不明白！帮帮我！帮帮我们！别让那些年轻的生命在清晨时分倒在子弹下！

1943年10月26日　星期二

一会儿都没睡。前天晚上，我们见了阿琳娜和她的父母。我们知道第二天早上会发生什么。我永远不会忘记阿琳娜妈妈面无表情的脸。她没开口，也开不了口。妈妈说："他们也许会被特赦……"她摇摇头。不必说这些，也不必抱有希望。唯一能做的是撑住，是忍人所不能忍。然后，我们走了。路上，妈妈和我像两颗钉子般相互靠着。刚刚，我们又去了塞尔瓦家，只是为了靠近他们，给他们一点温暖和安慰。

1943年10月28日　星期四

我终于弄清楚我们的同学是怎么死的。黎明时分，一个口令传遍弗雷讷监狱：6点，献给22号房的人。6点，整个监狱齐声高唱《马赛曲》和《离别之歌》。为了让同学们穿过走道时，听到告别的歌声，人们把窗户都敲碎了。德国人咆哮着，禁止他们唱。但整个监狱仍然一片歌声！

同学们被带到巴黎另一端——叙雷讷的瓦雷里山上。在那儿，被德国鬼子枪杀。他们被押上卡车，穿越了整个城市——里沃利大街，协和广场……他们一路高歌，所到之处，一片市民的哭声。德国鬼子在他们心口钉上一截白纸，子弹穿心而过。弗朗索瓦·塞尔瓦和安东尼·于耶最后被处决。他们只有18岁。

1943年11月2日　星期二

西蒙娜来信了。"得知这个可怕的消息，我和伊夫都哭了。衷心地拥抱你们。"所以，伊夫知道了。逃亡中的乔治没有任何音讯。主啊，真希望他现在藏得好好的，远离这里！不知道为什么，知道伊夫也知道了，我的痛苦减轻了一些。就好像他和我们一起分担，拿走了一部分痛苦。阿琳娜真勇敢。

1943年11月4日　星期四

提到同学们被杀，"恐怖的布尔乔亚"居然表现出满意的神情。教室里一片沉默的谴责，没人听之任之。讨厌的白蚁很快转移话题！幸好，阿琳娜不在。她一直没来上课，和父母待在一起。

1943年11月7日

溃败令德军疯狂。一个德国人被杀，100个人被抓。今天，宵禁开始，为期半个月。

1943年11月8日

伊夫来看我们了！他午夜"突然到访"，敲了三下门，把我们吓坏了。天没亮他又走了。我们说起查理曼大帝中学的学生——弗朗索瓦和其他人，也说起乔治。伊夫知道他在哪。他没告诉我。他做的对。我们聊了很长时间。严肃、深入的聊天让我好受了些。他还跟我说："伊莲娜，你看，以前要是有人告诉我有一天我要东躲西藏、不见天日地生活，我肯定不信。现在呢，我们决定反抗虚伪、不义的政府。为了达到这个目的,我们造假、偷盗,甚至杀人。我们知道,我们在拿生命冒险,可是……"我明白。一切很可怕,但他们做的对。伊夫黎明时分离开,我安下心来。

1943年11月10日

和以往一样,伊夫想办法给我们弄来了两根红肠和一些土豆。今天中午我们饱餐了一顿,浑身暖洋洋的。西蒙娜的来信也让我的心暖洋洋的。现在回想起来还是万分激动。他,那个地下游击队员,居然晚上见过西蒙娜后,骑车赶来巴黎!真是不可思议。我问他:"你是专程来看我们的吗?"他笑了:"我有事,顺便来这里一趟,不错吧!"

1943年12月14日

我们使出浑身解数,也得不到一点关在集中营的犹太人近况。红十字会在这个问题上保持沉默,吉隆先生又不在巴黎工作了。我们只能从德军那里打听到一些可怕的传言。太恐怖了,没人相信会发生这种事!我完全没心思给西蒙娜写信。我告诉她,我们什么都不知道。事实上,也是这样。

1943年12月27日　星期一

早上10点。天阴沉沉的,自醒过来后,一想到乔赛特、科莱特、安德烈和其他一些人被带到那边，带到冰冷可怕的德国，无限的悲伤涌上心头。我想赶走消极的情绪，但赶不走。今天早上，我的心像蒙上了一层厚厚的灰烬。

1944年1月5日

德国鬼子控制了报纸，报道毫无价值："伟大的德国人"将取得胜利，敌人正在从前方撤退；抵抗分子只是一小撮"恐怖分子"等等。写的一切没人相信。现在，在报亭，人们直接说："给我那份大话精！"所有人都在等待盟军登陆。大家觉得可能是春天。上次见伊夫时，他告诉我："登陆那天，我要去为盟军摇旗呐喊！"事实上，我们不知道在哪儿登陆，也不知道何时登陆。很久没有伊夫的消息了。

1944年3月30日

爸爸的卡片:"给我美丽的小鸟献上春天的亲吻。一切安好。爱你的爸爸。"就这么多。唯一能说的是,他没说什么大事!有也只有一件:邮戳显示来自上加龙省的米雷。读爸爸的卡片,我感觉很好笑。他叫我"美丽的小鸟",好像我只有10岁。他在和曾经年幼的我,而不是如今长大的我说话。他有点不认识我了。很奇怪,我们之间似乎隔了点什么。战争快结束吧,隔阂快消除吧!

1944年4月21日

可怕的轰炸。地窖里的第三夜!地窖很舒服,但正如我所预料的：6点，我们挤得像沙丁鱼一样。有个宝宝饿了，一直哭。今晚，我们没有铺盖。我垫了个装土豆的袋子，睡在地上，身下就是冰冷的泥土。我冻成一团，疲乏不堪却无法入睡，心情很糟糕。下一晚，我要睡在自己的床上，去他的轰炸！

1944年4月23日

轰炸结束了，不过我们仍然高度警惕。好几个区被炸了，蒙马特、拉夏贝尔、克里希。轰炸好像是针对鬼子的军需仓库，为解放做准备。我们要坚定不移地相信这一点！此外，我们刚刚得知首都北部有数百人死亡。

1944年5月12日

西蒙娜来信，她见到伊夫了。终于有他们的

消息了！我们松了口气。现在，针对抵抗战士的报复行动不断。西蒙娜说"伊夫夏天将去巴黎一趟"。语焉不详……慎重起见，伊夫到时会用西蒙娜传来的暗语通知我们。暗语我会在日记里公开。我愿意等，执着地等。我很害怕亲爱的表兄会发生不幸。

※

1944年5月15日

妈妈坐火车去第戎了。路易丝来信说，在克雷西给我们留了些土豆。这里连大头菜都找不到了，土豆对我们来说简直是人间美味！一切顺利的话，她后天回家。希望她快点回来，我很讨厌一个人待着。

1944年5月18日

妈妈带回来满满一袋土豆！圆圆的、结实的土豆。厨房飘来土豆泥的香味，妈妈还找了点油放进去。过节了！

1944年6月2日

我的生日。让我激动不已的并非15岁的生日。三年来，我感觉自己已经是个大人了。而是，这一刻，爸爸、妈妈、伊夫、西蒙娜，可能还有乔赛特，所有那些我爱着却不在我身边的人想着我。相同的思念把我们紧紧连接在一起。

1944年6月6日

1944年6月6日星期二。早上10点。他们登陆了！夜里，我们的盟军，美国人、英国人还有加拿大人登上了法国的领土！没法证实，因为今天早上六点停电了，听不了收音机。但是消息传开了。应该是真的！但愿不是一场空！

妈妈接到暗语了。抵抗战士和她相识已久。伊夫向妈妈吐露："小提琴悠长的呜咽……"瓦雷里的诗！意思就是：**登陆！**

下午1点。来电了。占领区电台"巴黎电台"提到"登陆的意图"。

5点。没错，是真的！阿琳娜风一样冲进来，"嘿嘿嘿"地叫,身后跟着她的父母。我们都高兴疯了。看门的塞纳提夫人不敢相信,叫我们安静,嗓门却因激动出奇地大。希望越强烈,越是害怕空欢喜一场。

10点。巨大的希望。1944年,可能就是解放的一年,战争结束的一年!

我们刚刚收听了"伦敦电台"。信号干扰很严重,"自由法国"发言人的声明还是传了出来:"今天凌晨,在强有力的空军支援下,海军发起盟军登陆法国的行动。"我们围在收音机旁,又哭又笑。

1944年6月7日

我们把耳朵贴在收音机上。很不清楚,但我们还是听到了要点:凭借4000艘船,10000架飞机,盟军成功登陆。戴高乐还在伦敦。四组伞兵已空降到卡昂附近。战线从敦刻尔克扩大到科唐坦。

1944年6月9日 星期五

这几天是我人生中最兴奋的时刻。听无线广播,时时都能听到我们的解放者正在前进。我拿出地图,我们在地图上跟随他们的脚步。盟军离我们越来越近。昨天,巴约市被解放。现在,他们在卡朗唐和伊西尼。卡昂附近,交战很激烈。我很想伊夫。不知道他现在在哪儿。很长时间没有他们的消息了。他们是不是已经在诺曼底"登陆",声援盟军?

1944年6月10日

盟军继续在诺曼底前进。每次听到广播,我们都急匆匆地看地图。德军一片慌乱,下令加倍戒严。有些人仅仅因为认识抵抗战士就被枪杀。伊夫参加游击队,给保罗舅舅、路易丝舅妈和我带来了危险,我也很担心西蒙娜。但能做什么呢?现在,还有什么不危险?

1944年6月15日　星期一

糟糕的一天。战线似乎停滞不进。时喜时忧:一会儿前进,一会儿后退,不知道该相信什么。更令人不安的消息传出：巴黎将被德国鬼子与其他地方隔绝开来，将会爆发饥荒等等。妈妈告诉我别信，但很难，处处都能看出迹象：餐馆接二连三关闭，面包店也是。煤气几乎断绝。希望不会持续太长时间。

※

1944年6月17日

乔治在巴黎！太不可思议了！他晚上和阿琳娜一起来的。阿琳娜也震惊了。自去年秋天组织成员被抓后，我们再也没见过他。他藏在诺曼底某处。那里正在进行激烈的战斗，他决定逃走。他是骑车来的，但家里空无一人。他们是犹太人，可能已遭遇不幸。邻居们也不知道他的父母、姐姐是在搜捕中被抓了，还是离开了。乔治并不担心，说起这一切，他眼中没有泪水。可我们知道六个月以来，一直都有针对犹太人的搜捕行动。妈妈让他晚上在家里过夜。明天天一亮他会去索洛尼，那里他很熟悉。重逢让我们激动万分。我们说起弗朗索瓦,也说起自上次西蒙娜来信后再无音讯的伊夫。他鼓励我们一定要撑下去,说我们一定会胜利的。他还说起诺曼底的房东在房间里晒兔子皮,"臭得睡不着",逗得我们哈哈大笑。

1944年6月18日

"戴高乐号召"发表一周年。晚上,我自娱自乐,修正妈妈小时候看过的俄国地图,重画苏联的边界。我还标出俄国变成苏联以后改名的城市:斯大林格勒、列宁格勒等等。西边的边境最容易,是大家都熟知的圣洛、卡昂、埃夫勒!

1944年6月19日　星期一

所剩无几的土豆正在一天天减少。据说,又将面临饥荒。如果比以前更严重会怎样呢？我们不得不吃鞋底了！亚历山大·杜马街，1苏的面包卖到了21法郎！旁边稍远的地方，8个胡萝卜就要30法郎。人们居然争相购买！

此外，美国人在12公里外的瑟堡。德国人的末日到了！

1944年6月20日

巴黎开始戒严。阿琳娜兴奋地跑进来，她去蒙特勒伊一个荒芜的公园找樱桃时，在巴尼奥雷门那儿看到一辆辆发放熟食的卡车，用以应对无煤气、无电的日子。重回史前生活！与此同时，我们准备着迎接国家独立，生活在无与伦比的兴奋中。

1944年6月21日

这些日子以来最爆炸的新闻：商店前空无一人。这次，确确实实没东西卖了！真是天大的好消息！幸好，妈妈想方设法在沙拉盆里，用仅剩的水、糖精和阿琳娜的樱桃，做了个超大的干面包布丁。还不错，未来的三天里我们只能吃这个！

1944年6月22日

登陆让德国鬼子极度疯狂，花样百出，各种报复手段令人发指。昨天，在狄德罗大街，我亲眼见到了恐怖的一幕。我和妈妈路过那儿。四辆卡车停下来，手持冲锋枪的德国鬼子将车团团围住。一队佩戴黄星的犹太妇女抱着孩子下车，鬼子把她们和孩子分开。孩子尖叫着，扯着妈妈的衣服不肯松手。鬼子把孩子们扔上卡车。女人们跪下来苦苦哀求，孩子呜呜地哭着，惨不忍睹。车里是孩子的叫声，车外是母亲的哭声。见到这残酷的情景，人们忍不住落泪，我和妈妈也是。我们无能为力。在野蛮面前，我们无能为力。世间最可怕的事莫过于此。卡车重新开动，人群渐渐散去。据说，盟军离我们很近了，到达只是时间问题……

1944年6月24日　星期六

早上5点到晚上11点停电。我们的生活节奏完全跟着新闻、跟着电走，彻夜不眠：晚上9点睡觉，11点就醒了。处处亮着灯，人人听着收音机！真令人兴奋！

1944年7月1日

爸爸来了！昨晚我摆放餐具时来的。门铃响了，我去开门，是他！起初，我差点儿没认出他，手里拿着两个盘子，傻傻地站在原地。他开口说："我想你要再拿一个盘子了。"说完，他笑起来，一把抱住我，又哭又笑。然后，看着我，边看边说："你长大了，真漂亮！"

1944年7月2日

爸爸在家。吃早餐时，见到他在，穿着睡衣，没刮胡子,感觉很奇怪。他瘦了很多,但的确是他,是我的爸爸,我亲爱的爸爸。他有权一辈子叫我"美丽的小鸟"!我真傻,还怕我们相见不相识。我很高兴。妈妈也是!亲爱的日记,我无法用语言向你倾吐这种幸福感。就我所知(我不确定自己是否完全了解情况),爸爸的游击队已经解散,他离开热尔,来巴黎,和我们一起迎接"大日子"!突然之间,曾经复杂、痛苦的一切变得简单而快乐。我一点儿真实感都没有!

※

1944年7月3日

如今,人人都只谈论纳粹犯下的罪,每天都有可怕的消息传来。在巴黎,街道上、地铁里,搜捕仍在继续。鬼子大规模逮捕犹太人、抵抗战士和那些公开对盟军登陆表示欢迎的人。在利穆赞的一个城镇——格拉讷河畔奥拉杜尔,这群没有人性的鬼子将妇女和儿童关进教堂，纵火行凶。整个教堂焚烧一空。可怕、无耻！类似的报复在法国比比皆是。

1944年7月4日

早上，我接到了伊夫的来信。他用了暗语。信上写道他路过公园，现在要去看拉乌尔叔叔。"公园"指的是克雷西，"看叔叔"是指来巴黎。名字代表日期。也就是7号在圣-拉乌尔等他！太好了！爸爸也很高兴见到他，我想他们俩可以聊很多游击队的事。爸爸离开是为了"庆祝"巴黎解放，不过，他说"战斗还在继续"。

1944年7月6日

明天快点到吧！希望伊夫能从克雷西带点吃的过来。我们在巴黎快饿死了！

1944年7月7日

我们在等伊夫。风闻查诺那大街那个讨厌的杂货店有扁豆卖,大家蜂拥而至,我们在门口排了三个小时队。结果什么也没有!见鬼!盟军快来吧,不然巴黎人都要饿死了!

1944年7月9日

两天过去了,没有伊夫的消息。他怎么了?我不由得很害怕。妈妈让我别担心,说这会儿很难坐上车。可,伊夫是骑自行车来的。

1944年7月10日

诺曼底的盟军前进了。透过无线电广播,我们得知战役已在利雪打响。据说他们将迅速向巴黎挺进。早上,爸爸跟我说:"没有比迎接盟军进巴黎更幸福的事了!要是我能自由出入,为了那个时刻,做什么都行!"伊夫还是没有来。

1944年7月11日

一直没有伊夫的消息。他一定是出事了!

1944年7月20日

伊夫死了。我万念俱灰。一接到路易丝舅妈的信,我和妈妈就坐火车赶往第戎。在来巴黎的路上,为了避开路检,他被那些坏蛋打死了!他是来探望我们的!我的表哥,我的哥哥,他死在了探望我们的路上!

1944年7月21日

我的眼泪流个不停。14号保罗舅舅和路易丝舅妈被搜查。他们已有心理准备，鬼子来之前半个小时，收留西蒙娜的镇长就提前通知他们了。因保罗舅舅是残疾人，他们最终没被带走，简直是奇迹：抵抗战士的父母少有不被惩罚的。我跑去镇长家看西蒙娜，她需要支持。战争太残酷了。

1944年7月22日

刺杀希特勒，事败。真可惜。

1944年7月24日

真过分：保罗舅舅和路易丝舅妈连领配额票的资格都没有了，就因为他们是"恐怖分子"的双亲！真是精妙绝伦的惩罚！他们只能依靠花园和地里的产出度日。幸好，镇长是"我们的人"。他想办法给舅舅、舅妈弄到了一些票。我不由想到，城里那些抵抗战士的父母们要怎么生活！

1944年7月26日

夜里,我无法入睡,在妈妈怀里哭了很久。我很挂念伊夫和深爱伊夫的西蒙娜。昨晚,西蒙娜泣不成声地对我说:"我不敢去他的墓地……"他被杀的确切地点,我们不知道。也没人送回他的尸体。他在战争中死去,是个失踪的死者,下落不明的死者。西蒙娜现在活得像个幽灵,即便在我们面前,也不说话,不哭。眼眶凹陷、眼睛通红。

1944年7月28日

周日,我们动身前往巴黎。尽管承受了巨大的痛苦,我们还是希望和爸爸一起,庆祝巴黎解放。西蒙娜想和我们一起回巴黎。她说她再也无法呆在克雷西,呆在伊夫的房子里。她想去"伊夫曾经想去的巴黎"。妈妈竭力劝阻她,但我知道她已经下定了决心。

1944年8月1日

第戎火车站。我伏在膝盖上写日记。坐在一根柱子后,天气太热了,人们都挤在有树荫的地方。旁边没人,我偷偷拿出日记本。没人看得到我,站台上连只猫都没有!天气实在太热了!我们等了三个小时,去巴黎的火车还没到。前天星期日,真是恐怖的一天:伊夫前同学的父母住在松贝尔农,他们在厨房被鬼子杀了。那伙野人把门打穿,射死了正准备吃饭的两人!无耻之徒!我们马上收拾行李。保罗舅舅和路易丝舅妈动身去位于第戎的路易丝姐姐家。那儿,无疑更安全。这儿,人人都知道他们是抵抗战士的父母。妈妈最终认为西蒙娜去巴黎更安全。

1944年8月12日

欧塞尔火车站。我的袋子里还藏着点萝卜和兔肉。千万要小心,不能让人看见!现在,人们为了吃,什么都干得出来!该换车了,站台上一片混乱。一则消息传遍人群:戴高乐将军的解放军刚刚在伦敦电台发出呼吁,号召所有法国人拿起武器!悲伤中的欢乐,满目疮痍里的安慰。人们还说,沿岸会有密集的轰炸。火车来了!

1944年8月15日

早上到达巴黎。爸爸把我们紧紧抱在怀中,尽管他并不认识西蒙娜,他仍温柔地抱着她,就像西蒙娜是他女儿。拥抱给了西蒙娜莫大的安慰,她放任自己靠在爸爸的肩膀上。事实上,拥抱抚慰了我们所有人的心。同时,我有种很奇怪的感觉:我们是新的一家人,西蒙娜就像我的姐姐。中午,喝带回来的萝卜兔肉汤。楼梯的气味依旧。每次回家,闻到这气味,我都很高兴。这是"我的"家。

1944年8月16日　星期三

晚上,警察罢工。巴黎上空,警报不时响起。这儿的气氛很奇特:兴奋。等待。再过两三天,煤气就要停了。昨天只有晚上10点14分到11点有电。没什么可抱怨的:我们还有鸡蛋、土豆、油、沙拉、糖精和一些过得去的压缩饼干。据说水也要停。我和西蒙娜把床单、毛巾和抹布洗了一遍。

1944年8月17日　星期四

早上,门房贴出告示,要领"穷途末路卡"。每人每天发放一道菜。马上要断水了。我们拿一切可以装水的东西装上水,浴缸也装满水。德国人开始炸毁军需品,噼噼啪啪的声音响个不停。

今天下午,我们欣喜若狂地发现德国的卡车乌压压地载满人开走了。他们要离开巴黎!似乎还有些德国士兵在东站的站台上过夜,火车司机拒绝送他们到德国。

1944年8月18日

阿琳娜、西蒙娜和我一直走到巴黎植物园。这么多天闭门不出,烦死了!到处都是枪声。奥斯特里茨桥上设了路障。我们回去以后,爸爸很不高兴,他说:"现在还不是东跑西逛的时候!"

1944年8月19日

盟军在诺曼底追击剩余的德军残部,一直追到塞纳河下游地区。桥好像已经被炸了。噢,胜利的烟火,真美啊!鬼子大溃逃!在巴黎,越来越多的杂志和警局被党卫军接手,但"好景不长"啦!

1944年8月20日

没有地铁,没有汽车,没有信,没有煤气,没有电。商店停止营业。人们焦虑不安,神经紧绷。很高兴,我们团聚在一起,爸爸和西蒙娜都在。我们点燃蜡烛。蜡烛质量很差,很快就烧尽了。

1944年8月21日

地下杂志四年来第一次重见天日!今天,我先后两次见到法国国旗:一次是在12区区政府,一次是在11区区政府,我到时国旗刚刚升起。所有人神情激动地站着,高唱《马赛曲》。我也想和他们一起唱,但我哭得像个傻瓜,嗓子干涩,发不出声。在我周围,无数张脸上落满泪水。

1944年8月22日

早上10点。四周很平静。只有远处传来零零星星的爆炸声。我们出门走走。妈妈顺道去买点生活必需品。

11点半。民族广场或是更远一点的文森堡传来枪响。妈妈还没回来。我害怕极了。门房的加洛普小姐不停安慰我,说德国鬼子不杀女人。可我知道这不是真的。

晚上5点。街道上发生枪战。我走到窗边,两个德国鬼子立刻瞄准我，我扑倒在地，他们一枪命中窗户。幸运的是，妈妈回来了！

7点。爸爸禁止我们出去，他告诉我们："这次，无一例外。"结果，他自己却要出去，不过他不会在那儿过夜。他让我们不要担心，他不会涉险。如果那边安全，他就不冒险回来了。我想伊夫。在家里，我们从不说起他，西蒙娜不愿意。我呢，正好相反，我很想谈谈伊夫，亲临解放的时刻，他该多高兴！

1944年8月23日

11点。我们得知，昨晚的枪战中两名抵抗战士在文森堡堡垒被杀。爸爸还没回来。我们并不担心。

下午5点。北方车站燃起战火。我已经两天没呼吸新鲜空气了。现在妈妈严禁我外出。我们一起呆在房子里，分食所剩不多的食物。

6点。德国人从大街上经过，拿着扩音器叫嚣着要焚毁抵抗堡垒，枪杀过路的行人！

晚上9点。无线广播里又传来一些消息：巴黎一些区战斗激烈。街道上处处是街垒。政府各部和区政府均已被抵抗战士攻陷。

老佛爷百货和雷克斯影院起火。鬼子烧毁了海军部。由五万士兵和一些爱国者组成的内政部部队与鬼子展开巷战。罢工后，警局也加入了爱国行列！他们已作战四天。无数的爱国人士和抵抗战士倒下！然而，种入我们心中的并不是悲伤，而是喜悦。法国在世人面前重拾荣光！我们为生在法国而骄傲！

巴黎战役开始。

1944年8月24日

早上7点。盟军越过鲁昂，似乎也越过了韦尔农和芒特！所有人都觉得他们明晚就到。我们得做好在地窖里待三四天的准备。为了应对突发状况，人们自发组织起来。国家救援会和红十字会则开始提供食物和医护。

中午，大家传疯了：盟军第一支小分队刚刚经意大利门进入巴黎！

1944年8月25日

巴黎今晚解放！我们刚刚透过窗户看到巨大的烟火自巴黎市政厅升起。紧接着，西方蓝色和红色的烟火腾空而起，遥相呼应。这是信号！勒克莱尔所属部队的坦克进入巴黎了！街道上，所有人的胸中都迸发出《马赛曲》。大钟齐鸣！

1944年8月26日

被解放的巴黎！欢呼雀跃的巴黎！巴黎在歌唱，在欢笑！我们也是。我们去香榭丽舍大道上迎接我们的解放者，他们将从那里经过。我们唱歌、拥抱，在楼梯间、在大街上，不管在哪儿，也不管是否认识，我们互相拥抱！西蒙娜也被这欢乐感染了！我们所有人在一起，也为在一起欢呼雀跃！我从未体会过这么强烈的幸福！也没想过它真的存在！

1944年9月4日

靠近荷兰边界的加莱、亚琛被重新夺回。南部：他们已越过里昂，到达索恩河畔沙隆；波兰：俄罗斯人发动进攻；芬兰：战争进入尾声。德国人从那里撤离，15号是最后期限！战争将要结束，胜利就要到来。

1944年9月20日

完全不想去学校。但，不得不去……战争即将结束。这一点，确信无疑。哪怕境内还有德国人。我们如释重负。爸爸妈妈决定让西蒙娜和我们一起生活。在我内心深处，胜利的喜悦背后，隐藏着悲伤和希望。我不知道未来会怎样。战争结束时，乔赛特和我

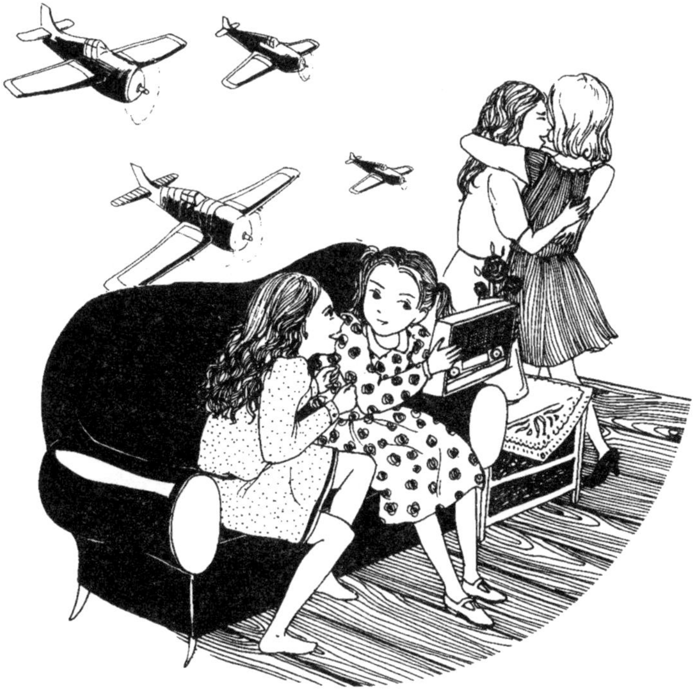

的犹太朋友们会回来吗？

1944年9月25日

我合上日记本，不是永远，而是眼下。我将不再写一个字，直到战争结束，直到我们重新见到旧日朋友或者再也见不到。那一刻，我们也许哀悼，也许欢喜。而且，我需要找到一个重新打开的理由。这理由可能还要等六个月。我们刚刚得知伊夫有孩子了。西蒙娜热烈期盼着这个孩子。他明年4月初出生。

祝愿伊夫和西蒙娜的孩子生在自由的法国。

我的日记只是人生中的一页，这一页已经结束，新的一页将拥有不同的色彩。

1945年4月8日

我为这本日记添上最后一笔：伊夫和西蒙娜的小

宝宝今晚出生了！西蒙娜给他取名为安德烈。我很感动，也很激动。战争快结束吧！小安德烈快在自由的法国长大！

1945年5月8日

停战条约签署！战争结束！今天，我们迎来了三重节日：安德烈宝宝一个月大了，他第一次笑，战争结束。我黑色的日记本终于画上了句号。下一个日记本将拥有别样的色彩：红色、玫瑰色、绿色，多彩的人生！

想知道更多

他们的结局

伊莲娜的犹太朋友们,他们的命运和其他被关押的数百万犹太人一样,是希特勒灭绝欧洲犹太人计划的牺牲品。1942年1月20日纳粹秘密通过处理犹太人的"最后解决方案",在波兰建立起"灭绝营"(奥斯维辛、迈丹尼克、特雷布林卡、索比堡……)。关押在德国的犹太人的命运,当时的法国人所知甚少,不能和我们今天所知道的一切相比。时有消息传到他们的耳朵里,但很多惨绝人寰的事实不为人知,这是一场"浩劫"。事实上,1945年盟军解放集中营时,很多人都没有意识到这一可怕的现实。六百万人(包括犹太人、茨冈人、同性恋者和抵抗者)死于战争。

历史学家弗朗索瓦·布罗奇说

1939-1945：第二次世界大战

纳粹党首阿道夫·希特勒执掌德国以后，战争的迹象越来越明显。希特勒入侵波兰，英、法于1939年9月3日向德国宣战。意大利和日本是德国盟友，他们组建起"轴心"力量。

德军于1940年5月初向欧洲西部发动攻击。英法军队抵抗几周之后战败。凡尔登战役的领导者——贝当元帅一跃成为法国总统，于1940年6月22日，与纳粹德国签署停战协议。

戴高乐将军6月18日在英国电台发表宣言，呼吁法国人抵抗。那些在危急情况下加入，与盟军一起对抗德、意军队的人，被称为"自由的法国人"。

维希政府则日益积极地与德国合作，迫害犹太人，追捕抵抗者。

1942年11月，战争出现重大转折。英国盟军在阿尔及利亚和摩洛哥登陆。隆美尔将军的非洲军团在阿拉曼战役中失利。苏联和德国军队在斯大林格勒对峙。美日军队在瓜达尔卡纳尔岛（新几内亚东部）交火。1943年起，苏联和美国分别在东线和太平洋战场占据优势。

历经四年艰难的被占期，巴黎于1944年8月宣告解放。戴高乐将军任临时政府首脑。接下来几个月，法国各地陆续解放。1945年5月，希特勒及其政府被同盟国军队（美国、苏联、英国和法国等）合力推翻。第二次世界大战结束。1940年战败的法国，这一次坐到了战胜国的位置上。

词语解释

1940 年 6 月 18 日号召

1940年6月18日,时任部长的戴高乐将军(6月16日被解职)在伦敦电台号召法国人抵抗德军,继续战斗:"法国人的抵抗之火不该熄灭,也永不会熄灭。"接下来数日,贝当元帅与德国签署停战协议后,他不断重复这一号召。6月28日,大不列颠首相温斯顿·丘吉尔承认他是"自由法国"的领导人。

德朗西集中营

1941年8月,德朗西(巴黎东北部郊区)的缪尔特城成为关押犹太人的集中营,犹太人从此地被押解到德国。1941冬至1942年,德朗西被视为"死亡会见厅"。那里出去的犹太人,要么即刻被枪杀,要么被转移到灭绝营。共有7万犹太人从那里转移,只有3000人从德国回来。

合作

德国强迫所有被占国与之合作。与放下武器的各国政府签署协议，要求其鼎力支持纳粹分子，借以对被占国进行经济剥削，并强行征用当地人参战。

宵禁

在巴黎，晚上10点到早上5点，要紧闭门窗，不透光线。上街必须持有许可证。晚归的人得在本区警局过夜。袭击德军事件发生后，宵禁时间提前至晚上9点。

诺曼底登陆

1944年6月6日，早上8点，巴黎市民得知诺曼底行动：20万盎克鲁撒克逊人开始登陆。登陆行动中，法国的参与微乎其微，但在诺曼底的一系列抵抗运动给予盟军有力的支持。

黄星

1942年6月开始，被占区6岁以上的犹太人必须佩戴的身份标识。边线为黑色，正中央刻着"犹太"二字。要缝在衣服左侧胸前。

逃难

1940年五六月间，为躲避德军，数百万生活在北方的法国人仓促逃往南方。

巴黎解放

巴黎于1944年8月25日宣告解放。它是巴黎抵抗战士、法国内政部军队、勒克莱尔将军第二装甲部队与美国第四步兵队通力协作的结果。在被占领与被压迫中苦苦挣扎的巴黎市民给予这一行动极大地支持。8月26日，戴高乐将军主持了在香榭丽舍举行的胜利游行。

分界线

1940年6月德、法停战协议签署后，法国领土被强制性地划成两部分：德占区（北部）与自由区（南部）。1942年德军入侵南部时，该分界线仍然存在，直到1943年3月1日才正式被取消。越过分界线必须持有德国军方发放的通行证，即所谓的身份证。

游击基地

德国占领法国后，命令法国所有20—22岁的年轻人都必须去德国劳动。1943年底，约4万"反抗者"为逃避劳役从事地下运动。游击基地由当地抵抗运动的首领指挥，大多远离城市，主要集中在利穆赞、塞文山脉和上萨瓦省一带。

黑市

地下市场，从事非法交易，不开具发票，也不纳税，源于被占期资源匮乏，在一些大城市异常活跃。主要涉及食品（肉、黄油）、煤和纺织品交易。黑市价往往超过法定的市价。黑市商人本应被逮捕、审判，但很多人与维希政府、德国人合谋，反而从中获利。

瓦雷里山

1940-1944年间,德国人在巴黎西边这座俯瞰叙雷讷的山丘上枪杀了数千抵抗者。解放后,在那里竖立起一座纪念碑。

人质

在过去的历史里,占领军常常抓捕当地的贵族作为人质,阻止当地居民反抗(一旦有反抗行为发生,人质就会被杀)。二战期间,纳粹德国同样实行了惨无人道的人质行动:一旦有针对德军的抵抗行为,就随意抓捕并枪杀老人、妇女和儿童,以示报复。

伦敦电台

英国电台(BBC)是丘吉尔宣传抗战的重要喉舌。伦敦电台定时播出戴高乐的讲话及"自由法国"的宣传节目:法国人对法国人说。

冬赛场大搜捕

1942年7月,法国警察与德国当局决定逮捕住在巴黎的外籍犹太人,将他们送往德国灭绝。大搜捕始于7月16日凌晨,持续两日。所有被捕的犹太人关押于乐拉敦路的冬赛场(巴黎第15区)。据官方清点,共2.2万犹太人被捕。但由于巴黎人口组成的复杂状况(有时也涉及警察自己),近1万犹太人获救。剩余1.2万人中包括4000名儿童。

换防与强制劳役

1942年1月,德方要求法国运送"自愿劳工"去德国。作为交换,德方释放法囚。这就是"换防",不过这项政策失败了:去德国的法国工人不到5万。于是1943年2月,"强制劳役"出台,要求20—22岁的年轻人去德国服为期两年的劳役。

抵抗运动

1940年6月起,抵抗运动开始。抵抗者或反对停战协议,或继续与德国人战斗,或仅仅只是"做点什么"反对占领当局。各种小型团体组建起来,分发传单,印制杂志,致力于抵抗德国。1944年初,法国内政部队整合起各抵抗组织的武装力量，它们在诺曼底与普罗旺斯战斗中起到了积极的作用，之后被编入拉特尔将军的第一集团军。

关于犹太人的法规

第一条法规于1940年10月3日由维希政府颁布（占领当局并未要求）。被占区的犹太人不得担任公共职务，不得从事媒体与电影工作。所有的犹太公务员被免职。该法规认定，祖辈有犹太血统达三人，即为犹太人。第二条法规1941年6月2日出台，进一步扩大对犹太人的定义，禁止他们从事商贸活动。后来的条款继续扩大禁止范围。1941年6月21日，只有百分之三的犹太人能进教育机构。

大事年表

1939年9月3日：第二次世界大战爆发。

1940年5月13日：德军攻击法国。

1940年6月16日：贝当元帅任政府首脑。

1940年6月18日：戴高乐将军发起号召。

1940年6月22日：法德签署停战协议。

1940年7月10日：贝当元帅在维希接掌一切权力，成立"法兰西国"。

1941年9月23日：戴高乐将军成立"法兰西民族委员会"。

1942年6月7日：北部犹太人必须佩戴黄星。

1943年2月16日：《强制劳役法》出台。

1943年6月3日：戴高乐担任"法兰西民族解放委员会"主席，居于阿尔及尔。

1944年6月3日：戴高乐将军成为法兰西共和国临时政府首脑。

1944年6月6日：盟军登陆诺曼底。

1944年8月15日：盟军登陆普罗旺斯。

1944年8月25日：巴黎解放。

1945年5月7日-8日：德国投降。

相关作品

值得一读的书

安东尼·康普《1939—1945》,伽利马出版社"发现系列"。

克里斯汀娜·莱维斯-图塞《被解放的巴黎,重见天日的巴黎》,伽利马出版社"发现系列"。

亨利·卢索《黑色的年月,被占期的生活》,伽利马出版社"发现系列"。

克里弗·A·劳顿《浩劫史》,伽利马出版社"少年读物"。

西蒙·亚当斯《第二次世界大战》,伽利马出版社"少年读物"之"发现之眼"。

值得一看的电影

《悲哀和怜悯》,导演:马塞尔·奥菲尔斯

《穿越巴黎》,导演:克劳德·奥当-拉哈;主演:让·迦本、布尔维尔

《最后一班地铁》,导演:弗朗索瓦·特吕弗;主演:凯瑟琳·德纳芙、杰拉尔·德帕迪约